문학과지성 시인선 631

탐구

김유림 시집

문학과지성사

문학과지성사에서 펴낸 김유림의 시집

세 개 이상의 모형(2020)

문학과지성 시인선 631

탐구

펴낸날 2026년 4월 11일

지은이   김유림
펴낸이   이광호
주간   이근혜
편집   김다연
펴낸곳   ㈜문학과지성사
등록번호   제1993-000098호
주소   04034 서울 마포구 잔다리로7길 18(서교동 377-20)
전화   02)338-7224
팩스   02)323-4180(편집) / 02)338-7221(영업)
대표메일   moonji@moonji.com
저작권 문의   copyright@moonji.com
홈페이지   www.moonji.com

ⓒ 김유림, 2026. Printed in Seoul, Korea

ISBN   978-89-320-4523-8   03810

이 책은 서울특별시, 서울문화재단 '2023년 창작집 발간 지원사업'의
지원을 받아 발간되었습니다.

문학과지성 시인선 631

탐구

김유림

너에게

시인의 말

그것은 그것이기에 소중하다.

2026년 4월
김유림

탐구

차례

시인의 말

1

그 파란 차 13

그 당나귀 15

그 염소 19

그 구조물 23

그 구조물 24

그 아파트 25

시간 30

그 옷 31

그 단어 38

"그 단어" 43

그 입술 44

그 음악 45

그 영화 51

그 전시 54

그 바다 55

그 바다 57

"그 바다" 61

"그 바다" 64

그 식탁   66

그 식탁   71

기차   73

2

그 복도   77

그 구조물   80

그 피아노   83

그 맥도날드   86

그 이념   92

그 언덕   97

그 야심   102

그 턱   105

그 벽장   108

그 벽장   109

그 욕조   110

그 사실   111

그 기원   112

그 아파트   114

그 트럭   117

그 책   119

그 도로   120

그 외곽   122

그 공장단지   125

그 공원   126

그 푸른 것   131

그 드라이브 132

3

그 요술 135

그 해 139

그 해 140

그 해 141

그 달 142

그 달 143

그 달 144

그 전생 145

그 영화 146

그 손목 147

그 역사 150

그 광주 152

그 실종 153

그 약속 154

그 꽃 155

그 자유 156

그 문 157

그 욕망 158

그 길 159

그 풍선 161

그 기억 162

그 커피 163

그 차 164

그 길 165

그 길 166

그 전생 167

그 전생 168

그 전생 169

그 전생 170

그 전생 171

사랑 173

그 폭력 174

그 모자 175

발문

시와 사랑과 자동차 · 김보경 176

그 파란 차

그 파란 차(車)는 뚜렷한 윤곽을 가지고 있지 않았음에도 나에게 강렬한 ① 인상과 ② 흔적을 남겼다. 차는 하라료의 소설 『그리고 밤은 되살아난다』의 첫 페이지에 등장한다. 그 이후에도. 주인공이 가는 곳이라면 어디든 간다. 『천사들의 탐정』에서도 마찬가지다.

그것의 경로는 선명하고, 그것이 경로를 따라가는 움직임도 선명한데, 그것의 차체는 그것의 차체를 제외한 나머지가 선명한 바로 그만큼이나 선명하지 않아서 나를 당혹스럽게 만든다. 그것의 역할은 ③ 자기(自己)를 제외한 나머지를 활성화하는 것일까?

너는 그 파란 차가 등장하는 소설을 읽어보지 않았지만 그것을 상상할 수 있다고 하고, 그건 말도 안 되는 소리다. 어떻게 읽어보지 않았는데 그것이 돌아다니는 모양을 그것이 돌아다니는 걸 보는 즐거움을 알 수 있다는 말일까. 그것이 ① 적당한 거리를 유지하며 멈추는 것, ② 적당한 거리를 유지하며 달리는 것, 그러다 ③ 들키지 말아야 할 사람에게 들키는 것,까지 전부 정확히 일어나야만 하는 문장 위치에서 일어난다.

그러나 너는 나의 얼굴을 들여다보고, 너의 얼굴이 말하는 그 파란 차를 본다,고 말한다.

갑자기?
갑자기.

나는 내가 여태 지나쳐 온 모든 차를 떠올린다, 지나쳐 간 모든 차도. 그러나 그들은 너무 많아서 하나이지 않다. 하나가 아니다. 그중 하나의 차가 멈춰 선다면, 나는 손을 뻗어 붙잡고 볼 것이다. 차가운 겉면을 지나 안으로 적당히 들어간 오목한 부분을 잡고 당기겠지. 딸깍, 하고 열리겠지. 그것은 ④ 너의 손을 잡는 것처럼,이다. 비록 ④가 결말이나 결론에 대해 아무것도 말해주지 않는다고 해도 그렇다.

왜냐하면, 나는 붙잡는 방법에 있어서 그것 이외의 다른 방법은 전혀 모르기 때문이다.

그 당나귀

그 당나귀는 말이 없는 당나귀였다. 당나귀가 말이 없는 건 당연하지 않느냐고 말이 없는 건 특징이 될 수 없다고 당신은 말할 수도 있겠다. 그러나 그 당나귀는 '말이 없는'을 자신의 특성으로 지니고 있는 게 분명했다. 그것—'말이 없는'—은 옷의 일부인 옷감이 그 자신의 존재감을 지우지 않고 그대로 남아 있으려고 할 때의 안간힘처럼 느껴졌다.

그러나 ① 옷감이 (① 촉감으로나 ② 촉감이 아닌 다른 감각으로나 ③ 인상으로나 ④ 그 무엇으로나) 유독 잘 느껴지는 옷에서는 안간힘이 느껴지지 않는다. 어떻게 된 일인가? 안간힘은 거의 느껴지지 않는 느낌으로 남아 있어야 그것—자신(自身)—이 선명하게 느껴진다는 사실을 안다. 그 사실을 (당신도 나도 옷감도 옷도 심지어는 옷과 옷감에 대한 논의와는 관련이 없는 당나귀와 당나귀의 주인도) 알고 있다는 듯 그리고 그 알고 있음을 배반하려는 의지를 발휘하려는 듯 옷감은 옷에 있어 안간힘을 쓰는 것처럼 보이지 않으려 한다. 부정성에 있어서 적극성을 발휘한다. 그러나 역설적이게도, 바로 그 순간에 이르러서야

잊을 수 없는 단 한 벌의 옷(감)이 스쳐 지나간다.

당신이라는 옷

처럼 말이다. 당나귀는 내내 헐벗은 채였다. 그의 등에 손을 얹는 화자가 있고, 몸을 얹는 화자가 있고, 나란히 걷는 화자가 있지만, 당나귀는 내내 혼자이고, 혼자인 것이 그 자신에게 딱 맞는 옷이다. 당신이 그런 것처럼. 당신이 입고 있는 그 옷이 당신을 완전히 혼자이게 만드는 것처럼. (그래서 그토록 끈질기게 혼잣말을 중얼거리는 것 아닌가?) 나는 이 외에 다른 방법으로 그 당나귀를 만난 곳을 묘사할 방법을 찾지 못하겠다. 그럼에도

곳은 그곳을

통과해 이곳으로 온다. 그곳을 제외한 나머지는 아주 추상적으로만 존재하지만, 그 나머지의 추상성을 잊어버리게 만들 정도로 그곳이 아주 선명하기에 가능한 일이다. 어떻게 설명하면 좋을까? '당나귀'가 나라는 인간을 너

무나도 깊숙이 건드린 나머지 그 단어가 아닌 나머지 단어는 볼품없을 정도로 평범한 작용밖에 하지 못한다고 해도, 그 '당나귀'를 중심으로 천천히 그곳의 인상과 풍경이 형성되기 시작한다.

그곳은 그러나 (② 옷이 비어 있는 채로 존재하듯이 그 사실이 전혀 문제가 되지 않을 뿐만 아니라 오히려 ③ 옷이 옷이기 위한 전제 조건이듯이 ④ 비어 있지 않은 옷은 옷이 아니니) 여전히 비어 있다. 비어 있음이 가장자리부터 뚜렷해지기 시작한 것뿐이니 걱정할 것은 없다.

이동의 방식

은 그러나 그 파란 차와는 달랐다. 그 파란 차는 늘 주인공과 함께지만, 그 당나귀는 늘 주인공과 함께면서도 함께가 아니다. 페이지를 넘길 때마다 페이지를 넘기는 찰나마다 다른 곳으로 갔다가 돌아오는 (부재한) 당나귀. 그 당나귀는 그 당나귀지만, 당나귀에 당나귀를 조금씩 버리고 돌아오는 듯 가볍고 희미해 보인다. 당나귀의 온순함은 바로 이 지점으로부터 오는 것이다.

상황이 이렇다 보니, 나는 그 옷이 아니면, 그 옷을 이용해서 당나귀를 상상하지 않으면 안 되는 지경에까지 이르렀다. 옷——사람이 입는 옷이어도 상관없을 것이다, 얇은 것이기만 하면 되지 않을까?——으로 당나귀를 먼저 감싼 다음, 당나귀를 진정시킨 다음에야 책을 읽어나갈 수 있다.

책—옷

은 마침 갈색 양장으로, 원제는 *Platero y Yo*이다. *Yo*는 '나'를 뜻하고, *y*는 '와' '과' 같은 접속조사이며, *Platero*는 그 당나귀의 이름이다. 그 당나귀는 책 밖에서도 *Platero*다. 알다시피 *Platero*는 자신의 이름을 벗지 않는다.

그 사실을 알고 있음에도 나는 그것을 아주 조심스럽게 다루었으며, 그것이 사라질까 봐 (그것을 앞에 펼쳐두고도) 뒤돌아보았다. 그것이 작가가 다루고자 한 "몰락한 스페인의 고질적인 문제" 자체였는지도 모르기에. 주제 혹은 주제 주위로 형성되는 20세기 초반의 분위기를 배경으로 *Platero*가 뒷모습을 보이는 건 그 때문인지도 몰랐다.

그 염소

그 염소는 전혀 다른 두 개의 층위에 존재하고 있다. 서로 다른 염소이기 때문일 것이다. 그래도 나는 전혀 다른 두 개의 층위에 존재하는 그 검은 염소를 하나로 엮어서 생각하는 습관이 있고, 그 습관을 버리지 않는데, 그 습관 속에서 그 염소는 하나이지 않고 하나가 아니지도 않다.

어떻게 그런 ① 비합리적인 ② 비언어적인 연결이 끊어지지 않고 존재하는 것인지 나도 나의 언어 안을 들여다보고 싶지만 그것은 불가능하다. 그것은 불가능한 바로 그 속성을 통해 겨우 지속하는 듯하고, 그 '겨우 지속하는' 상태는 그러나 아주 견고하여 튼튼한 밧줄과도 같을 것이다. 그런 확신이 (쥐고 흔들면 흔드는 대로 흔들리는 방울의 물성이 떠오르듯이) 든다.

첫번째

그 염소는 ① 서대경의 『백치는 대기를 느낀다』에서 본 염소이기도 하고, ② 친구의 유년 시절 에피소드 속의 염소이기도 하고, ③ 제주도 게스트 하우스에서 본 어미 혹

염소 한 마리와 새끼 흑염소 두 마리이기도 하다. ②는 아주 여러 번 들은 것으로 들을 때마다 아주 조금씩 다르게 각색되었는데 그 각색의 정도가 아주 미세하여 이전 버전을 잘 기억하고 있지 않으면 과연 각색이 일어난 것인지 아닌지 확신하기 어려웠고, 그 지점이 재미있었다. 그러나 각색이 일어난 것인지 아닌지 의문조차 가지지 않으면 그건 재미있는 일조차 되지 못할 것이었다.

두번째

실제로 염소를 만났을 때, 나는 어미 염소와 새끼 염소가 무척 닮았고, 크기가 다르다는 점을 알아차렸다. 그 당연한 사실을 제외하면, 내가 그 염소에 덧붙일 만한 새로운 인상은 없었다. 두 마리 혹은 세 마리 염소가 관찰할 틈조차 없을 정도로 빠르게 주위를 돌아다녔기 때문이다. 위협적일 정도로 ③은 흥분한 상태였다. 흥분해서 생각을 하지 못하(게 만드)는 상태였다. 그러나 생각해보면 ②는 아주 오래되었고, ①도 오래되었지만, 둘은 비슷한 시기에 인상을 남겼고, 그럼에도 서로 연관되지 않으려는 성질이 강했다. ②와 ①이 각각 추구하는 (그 정도의) 거리를 그대로 두고서 나는 어느 순간에 이르러 ②는 ②대로 ①은 ①대로 그 순서나 특성과 상관없이 단독성을 지닌 것으로 볼 수 있었다…… 그랬을 것이다.

그러나, 이제 와 고백하건대, 당시 ③이 ①과 ②를 강화하는 데에 조금은 기여할 거라 기대했던 것 같다. 그런 일은 일어나지 않았지만 말이다. ③은 한시도 쉬지 않고 뛰어다녔고, 나는 나를 공격이라도 할까 봐 관찰을 하기는커녕 오히려 피해 다녔다. 새끼 두 마리가 있기에 더더욱 조심해야 했다. 주인은 조심하라는 둥 조심하지 않아도 괜찮다는 둥의 말 없이 그늘진 실내에서 그날그날 해야 하는 공간 관리 업무나, 그를 찾아온 귀촌 청년 가족과의 대화에 집중하고 있었을 것이다.

따라서 ③은 그 염소에 대한 인상을 강화하지도 강화하지 않지도 않는다, ③은 ③이고…… 통합의 역할이나 분리의 역할을 하지도 않는다. ①이나 ②와 마찬가지로 혹은 ①, ②, ③과 별개로 그것은 그것이 매인 위치에 머무르려는 속성이 강한 그 염소일 뿐이다.

① "차단기 기둥 곁에서"
② 잡초가 솟아난 남의 텃밭 울타리 곁에서
③ 실제로

말이다.

지루한 반복. 복제,로 여겨지기 쉬운 그 염소. 각색이 일어났는지 일어나지 않았는지 구분하기조차 어려운 그 염소. 그 염소는 그러나 그런 게 아니므로, (바로 그런 이유에서)

세번째

난 내게 가장 생생한 실감(의 측면)을 이용해 ①과 ②와 ③을 끌어당겨서 한데 묶으려고 시도하지만, 잘되지 않는다. 그런데 그것— 한데 묶이지 않으면서도 한데 몰려다님—이 바로 염소라는 개체의 특징이라는 걸 나중에 알게 되면서 그런 시도는 더는 하지 않아도 좋게 된다. 이것이 바로 통합이고, 끝인 것이다. 예컨대, 나는 그저 그중 그때그때 가장 사랑하는 염소를 생각하면 되는 것이다. 여기서 말이다.

그 구조물

나는 네가 검은 염소를 매어두곤 했다는 구조물로 다가
가 그 구조물을 만져본다.

그 구조물

　그 염소는 그 구조물에 묶이기를 희망했다. 문제는 문제에 비하여 그 구조물이 너무 사실 같다는 사실이었다. 그 사실은 만지면 따갑고 피가 났다. 만지면 따갑고 피가 나는 나무로 만들어진 것이 분명했다.

그 아파트

그 아파트에 가본 적은 없다. 그러나 그 아파트에 사는 사람과 대화를 한 적은 있다. 그는 그 아파트에서 나오지 않는데 어떻게 나와 대화를 한 걸까? 대화를 하기는 한 걸까? 어쩌면 이것이 우연이라는 이름의 기적이다.

우리는 (바로 이 기적 덕분에) 두세 번 만났을 것이다. 어쩌면 다섯 번 정도. 그의 이야기를 통해서 나는 그 아파트로 들어간다. 그 아파트에는 아늑한 거실이 있고, 소파가 있고, 키 큰 조명이 있다. 책은 생각보다 많지 않다. 그러나 나는 그 아파트에 대한 이야기에 귀 기울이지 않으며, 잘 기억하지 않으며, 관심도 없다. (정말로!) 그럼에도 나는 듣는 내내 그 아파트에서 잘 나오지 않는다. 게다가 그는 그 아파트에 대해 거의 이야기하지 않는다.

내가 그 아파트에 갈 일이 없는데 그 아파트에 대해 말하는 게 무슨 소용이 있단 말인가?

그러나 그는 그 누구도 초대할 생각이 없는 자신의 ① 그 아파트와 ② 그 아파트와 ③ 그 아파트에 대해 말한다. 다른 이야기를 하다가…… 다른 이야기라는 옷으로 감싸서. 나는 그 옷이 정말로 그가 보여주려는 것일 수도 있다고 생각하지만, 아닐 수도 있다고 생각하고, 그 옷이 정말로 그가 보여주려는 것이라고 해도 그 옷을 슬쩍 들추어서 너머에 있는 ①이나 ②나 ③에 들어가보았으면 좋겠다고 생각한다.

만약

그 옷이 정말로 그가 보여주려는 것이 아니라면, 그가 보여주려는 것이 실은 그 자신이 어떤 곳(①, ②, ③ 중 하나)에서 얼마나 외롭게 지내고 있는지에 대한 것이라면 조금만 더 신호를 주면 좋겠다고 생각하지만, 한편으로는 그가 신호를 준다면, 그러니까 거의 대놓고 ①, ②, ③에 대해 말하기 시작한다면 나 자신이 실망할 것이라는 걸 알고 있다.

내가 가고 싶은 곳은 입구이지 입구 너머가 아니다.

문지기

그의 이야기라는 이름의 옷은 문지기인가? 나는 그것이

좋다. 그것이 좋아서 그와 대화를 하는 것이다.

옷은…… 우리를 이어주는 아주 좋은 것으로, 자연스럽게 만들어진 것이어서 값을 매길 수 없다. 그러나 나도 안다. 이 세상에 값을 매길 수 없는 건 없으니 모든 건 목숨을 건 도약*이라는 걸. "내가 그에게 원하는 게 뭔지 그가 알아맞혔기에, 나는 얼굴을 붉히면서 어떻게 알았느냐고 묻는다. '아.' 그가 말한다. '시가 아니면 뭔가 다른 걸 수도 있었겠죠. 사람들은 늘 서로에게서 뭔가를 원해요. 그리고 난 당신이 나를 어딘가에 이용하고 싶어 한다는 걸 내내 알고 있었어요.'"**

그렇다. 그 옷은 아주 두껍지도 아주 얇지도 않으며, 표면이 눈에 띄게 특색 있지도 않다. 그런 걸 써야 사람들이 옷이 옷이라는 걸 의식하지 못하면서도 그것에 집중할 수 있는 것이다.

지금

나는 그것을 쓰고 있고, 그는 그것을 쓰고 있는 나를 문지기로 쓰고 있다. 문지기는 얇고 그 너머를 보(이거나 보

이는 것처럼 보)여야 한다는 조건을 충족하여야 한다. 나
는 조건을 충족하여

　이야기─ 천이 된다.

　이야기─ 종이가 된다.

　그의 이야기에 거의 닿지 않으면서도 ①과 ②와 ③의
위에 덮여 있는 천.

　그는 ① 그것이든 ② 그것을 쓰고 있는 나든 ③ 이도 저도
아닌 나든 그 무엇이든 신경 쓰지 않는다는 듯 부드럽게 이
야기를 이어나가고, 나는 거기서 거기로부터 펼쳐진다.

　당신은 나를 작은 조약돌 다루듯 하지만, 실은 내가 작
은 조약돌이 아니라 아주 얇은 커튼에 가깝다는 걸 알 것
이다. 그래서 손을 한시도 가만히 두지 못하고 움직이는
것이지. 나는 그 손을 붙잡아 내 허리춤에 가져다 댄다. 내
허리춤에는 끈이 달려 있고, 그것을 잡아서 묶는다면, (조
금 부끄럽지만) 숨기고 있던 너머가 보이겠지.

　난 내가 된 것에 집중한다.

그곳에는

① 놀이터가 있는데, ② 놀이터가 있다. ③ 놀이터가 하나 더 보인다. ③은 관리 사무소 옆에, ②는 초록 창고 옆에, ①은 산 옆에, 그러나 ②도 산 옆에 있다. 그럼 ③도? ③은 (건물에 가로막혀 산 옆에 있을 수 없지만)

산 옆에 있는 게 분명하다.

③도 산 옆에.

②도 산 옆에.

①도 산 옆에.

③도 ②도 ①도 그 산 옆에. 옆에. 옆에 있다. 이 모든 것이 배배 꼬이거나 잘못된 일이 아니라는 건 아주 오랜 시간이 지난 뒤에 깨닫게 될 것이다. 나나 당신에게 충분히 통과할 수 있을 만한 시간이 주어지더라도 그렇다.

* 카를 마르크스.
** 토베 디틀레우센, 『청춘』, 서제인 옮김, 을유문화사, 2022.

시간

그것에는 긴 끈이 가장자리에 달린 화려한 커튼이 있다. 주름이 풍성하고

안에는 얇은 올리브색 속 커튼이 덧대어져 있다. (그럴 리가 없는데도 말이다.) 나는 그것을 만지며 오랜 시간 내 마음을 만지고 있다고 착각하고 있었다. 그러나 그것을 만지는 손은 내 것이 아니라 당신의 것이었다. 어떻게 그럴 수 있단 말일까? 이것이 정말 자연스러운 일일까?

그러나 당신은 개의치 않고 나를 만지고, 나는 변형된다.

그 옷

그 옷에는 천으로 감싼 단추가 세 개 달려 있었다. 천으로 감싼 단추는 장난감 단추처럼 보였는데, 그 크기가 컸기 때문이다.

그 옷은 새먼색이었는데 당시에는 새먼색이 무엇인지 알지 못했고, 그 옷을 사 준 그도 그 옷을 새먼색이라고 부르지는 않았다. 그러나 그는 그 새먼색 옷을 좋아하여 내게 자주 입혔는데

그것이 나를 예쁘게 보이게 했다.

나는 내게 말해주는 이야기에 따라서 그 옷을 다시 만든다. 다시 만들 수 있다. 그 옷은

① 진한 분홍색이고,

② 겉은 스웨이드가 아니지만 스웨이드로 보이는 재질로 쉽게 긁힐 것만 같은 느낌을 준다.

그 옷은 ③ 큰 단추를 세 개 달고 있는데, 옷 전체를 감싼 것과 동일한 천으로 감싼 것이다. 그것이 그 옷을 특별하게 만들어준다. 그 단추의 ④ 속을 본 적은 단 한 번도 없었을 것이다.

그 단추를 단춧구멍에 하나씩 하나씩 넣고 잠그면, 그 옷은 전체적으로 따뜻했다.

눈으로 보기에도 그랬고, 사진으로 보기에도 그랬고, 입고 벗는 느낌으로도 그랬다. 그 옷은 옷장에 걸려 있는 동안에도 존재감이 있었고, 그 옷을 볼 때마다 나는 그 옷을 또 입어야 할까 봐 걱정했다. (그 옷이 싫지는 않았지만 그 옷의 존재감이 부담스러웠다. 혹은 그 옷의 존재감이 크게 느껴졌다. 그러나 당시에는 이런 문장으로 그 옷을 파악하지 못했고, 단지 그 옷의 색이나 모양새가 싫다는 표현으로 그 옷에서 느껴지는 아우라를 떼내려고 애썼다. 그런데 아우라라는 단어는 언제 처음 배웠을까?)

그 옷은 나를 예쁘게 보이게 만들었지만, 당시에는 그것이 무얼 뜻하는지 몰랐다. '나'를 예쁘게 보이게 만든다는 건 무엇이고 그것이 그에게는 어떤 의미가 있으며 나에게는 어떤 의미가 있는지. 나는 몰랐고, 그저 동생과 나가서 눈사람을 만들고 싶을 뿐이었다. 그 눈사람을 만들기 위해 나갈 때 나는 그러나 그 사람의 말을 따른다. 그 옷을 입고, 러시아의 우샨카와 비슷한 레오파드 무늬 털모자를 쓰고, 빨간 니트 레깅스를 입고, 스웨이드 부츠를

신는다.

장갑을 꼈다.

아파트 뒤편 야외 주차장이었다. 눈이 무릎까지 쌓여 있었다. *이후에. 사랑하는 사람이여.* 나는 이후에 자라나 러시아 출신 감독이 만든 영화 몇 편을 본다. 그중 어느 것에는 우샨카가 등장하는데 나는 그것이 우샨카라고 불리는지 몰라서 러시아 모자 그 군밤 모자 같은 것이라고 부른다. 우샨카의 이름을 알게 된 건 영화를 보고 한참 뒤의 일이다.

사모바르도 보았는데 영화에서뿐만 아니라 소설이나 시에서도 보았다. "이제 계단을 오르면서

난 내 새집으로 들어간다 거기엔

회색 라디에이터들과 유리

재떨이들 가득 양털이 가득."

특히 기억에 남는 "사모바르"는 프랭크 오하라의 『점심시집』(송혜리 옮김, 미행, 2023)에 실린 「시」에서 본 것으로, 바로 그다음 연에 등장한다. "겨울을 대비해서 난 사모바르를 사야 한다

바질잎과 우크라이나 표어가 수놓아진 주전자를

힘겹게 바람에 저항하며 멀리서 들려오는 날갯짓 소리,"

시

프랭크 오하라(1926~1966)는 미국의 작가, 시인, 미술 평론가로 뉴욕 현대미술관의 큐레이터이기도 했다. 그는 내가 태어난 해를 기준으로 사반세기 전에 죽었고, 그가 죽은 해에 나를 낳은 그 사람이 태어났다.

그 사람은 한국에서 여성으로 태어났으며, 스물다섯에 나를 낳는다. 그 사람은 지금도 한국에서 여성이며, 프랭크 오하라를 모르고, 사모바르도 우샨카도 모르지만 나보다 지혜로우며, 나보다

아는 것이 많고, 나보다 옷을 잘 고른다. 좋은 옷을 볼 줄 안다. 좋은 옷은 프랭크 오하라와 나란히 말할 내용은 아닌 것 같지만(프랭크 오하라는 멋쟁이이지 않았을까?) 나는 그가 쓴 시를 좋아하고, 그가 쓴 시에서 본 러시아 주전자 "사모바르"를 좋아하기에 겨울이면 그것을 떠올릴 수밖에 없고, 그러나 겨울이면 그 옷 또한 떠올릴 수밖에 없기에 여기에 함께

나란히 둔다.

그 옷과 그 우샨카와 그 사모바르를 여기에 둔다. 그 우샨카를 벗고 그 옷을 벗고 그 사모바르를 이용해 차를 한잔 마시면 좋겠다. 찻잔은 어디에 있는가? 찻잔은 뭐라고 부르는가? 찻잔은 찻잔이지만

러시아에서는 뭐라고 부르며, 우크라이나에서는 뭐라고 부르는가? 같은가? 다른가? 그곳의 아이들은 눈사람을 만들 때, 무엇을 쓰고 무엇을 입는지 궁금하다. 사철나무 가지로 팔을 만드는지 코를 만드는지 입을 만드는지 궁금하다. 그 차를 마시고 나가는지

그 차를 놔두고 나가서 놀다가 들어와 모자를 벗고, 외투를 벗고, 마시는지 궁금하다. 다과와 함께 마시는지 그냥 마시는지 궁금하다.

외투를 먼저 벗는지, 모자를 먼저 벗는지도 궁금하다. (전쟁 동안에는) 티타임이 언제 시작되고, 언제 끝나는지, 어느 쪽에서 끝나는지, 어떻게 끝나는지, 그 순서가 궁금하다. 지금의 나라면 레오파드 무늬의 ① 우샨카를 먼저 벗고, (머리칼은 흠뻑 젖어 있다.) ② 목도리를 풀고, (입술이 닿았던 부분이 젖어 있다.) 차를 한 모금 마실 것이다. 안경에 김이 서릴 것이다.

③ 장갑을 벗고, 손을 비비고, 차를 한 모금 더 마실 것이다.

그리고 ④ 그 옷을 벗을 것이다. 그 옷은 진한 분홍색 혹은 진한 베이지색이며, 결국에는 "새먼색"일 것이다. 그 옷에는 새먼색 천으로 싸인 ④⑤ 큰 단추가 세 개 있는데 그것을 풀어야 한다. 언 손으로 큰 단추를 푸는 데엔 시간이 걸릴 것이고.

잘 풀지 못하면

그가 도와줄 것이다. 그는 ⑥ 59세일 것이다. 몇 년 뒤엔 내가 그가 그의 옷을 벗는 걸 도와줘야 할지도 모르지만 그는 여전히 내가 나의 옷을 벗는 걸 도와주려고 할지도 모른다. 도와주려고 할 것이다.

그것

나는 (속에 무엇을 입었는지 모르겠지만) 이것이 우샨카이고, 새먼색이며, 사모바르라고 그에게 알려준다. 사모바르를 닮은 주전자이며, 폿스타칸니크를 닮은 찻잔 홀더라고 알려준다. 그러나 우리는 그냥 마시면 된다고 덧붙일 수도 있다. 우리는 그냥 마신다.

기억하고 싶지만 잊어버린다. 그러게요, "힘겹게 바람에 저항하며 멀리서 들려오는 날갯짓 소리," 그것을, 그것을 무어라고 부르면 가장 정확할지를, 그것을 알기 전부터 알고 있었다. 알기 전부터 잊고 있었다. 그 옷을 벗으면 간데없이 사라져 길을 잃었다.

그 단어

그 단어가 실제로 소설에 등장했는지 아닌지 나는 확신할 수 없다. 나도 그 소설을 읽었고, 그 소설을 읽었을 때 받은 인상이 남아 있기는 하지만.

10여 년 전에 읽은 소설이므로
전생의 일처럼 흐릿하고, 꿈인지 아닌지 모르겠다.

꿈이 아님

그러나 그의 말에 따르면 그 소설에 그 단어가 등장했을 확률이 높다. 그러나 그의 말에 따르면 그는 ① 그 단어가 등장하는 게 확실하다고 주장하려던 것이 아니라, ② 그 단어를 말해야만 그 소설을 말할 수 있는 게 확실하다고 주장하려던 것이었다.

그러니 그는 (어쩔 수 없이) 그 단어를 말했는데,

증거

① 주목을 아주 끌지 않는 방식으로는 말하지 않았고, ② (본인도 자각하기 어려울 정도로) 잠시 망설이다가 말했으며, 그러나 ③ 주저했다,고 말할 수 있을 정도는 아니어서

아주 얇은 띠 같은 시간을 끌었다,고 말할 수밖에 없었다.

자살

그는 "자살"이라고 말했다. 그는 그 단어의 "힘"이 두
려웠던 것일지도 모르고, 그 단어가 가진 "그림자"가 두
려웠던 것일지도 모른다. 둘 다 사실이 아닐지도 모른다.
그러나 그는 그가 주인공은 주인공의 친구가 "자살"을 해
서……라고 말하는 순간, 그 순간에는 반드시 엄숙함과
두려움과 같은 무거운 감정이 동반되어야 한다고 여기는
것 같았다. 그 주인공과 그 주인공의 친구가 "현실"이 아
니라고 해도 그래야 한다고 여기는 것 같았다. 이조차 사
실이 아닐지도 몰랐다. 그러나 무엇이 사실이고 사실이
아닌지는 '나'뿐만 아니라 그 스스로도 몰랐고, 모르고, 모
를 것이었다.

탐구 내용

나는 말하길, 그는 두려워했다. 왜냐하면, 가장 그럴듯
해 보이는 가설은 다음과 같은데,

그가 내가 "자살"하지 않기를 바랐기 때문이다.

여기서 확실히 해야 하는데, 난 "자살"할 사람이 아니며, 몸이 말을 듣지 않을 정도로 좋지 않았을 때, 이러다 원치 않아도 죽을 수 있겠단 생각을 한 적은 있지만, 그때도 "자살"을 하고 싶다고 생각한 건 아니었으며, "자살"을 하고 싶다고 말하지도 않았으며, 그때 이후로도 "자살"을 하고 싶다고 생각한 적도 말한 적도 없었다. 그는 내가 "자살"할 사람이 아니라는 걸 알고 있다.

그러니 그는 그

단어를 두려워한 것이다. 그 단어가 지나치게 힘이 세다고 느낀 걸지도 모른다. 너는 내가 그럴 사람이 아니라는 걸 알고 있어도 ① 알고 있는 것만으로는 충분치 않다, ② 알고 있는 것만으로는 그 단어의 영향력에서 벗어날 수 없을지도 모른다, 그 단어의 영향력에서 벗어날 수 없다면, 그 영향력이 앎을 넘어설지도 모른다, 혹은 아닐 테지만 너는 네가 ③ 알고 있는 게 아닐지도 모른다,고 생각했던 걸지도 모른다.

그런가?

전부 추측일 따름이지만, 나는 추측을 추측으로 적어둔다, "그 단어"와 "그 단어"에 연관된 추측이 추측이 아니게 되도록 전부 끄집어내어 적어둔다.

나는 그 단어 자체가 아니라 그 단어를 말하길 조심스러워하는 너의 모습을 기억하고 싶고, 그 기억하고 싶음을 그 책이 도와주었음,을 알고 있다.

『자살』

(오늘 청계천 근처 커피숍에서 에두아르 르베의 『자살』을 읽다가 그 단어를 여러 번 보았다. 물론 네가 언급한 "그 단어"는 르베의 『자살』이 아니라 김연수의 단편 「다시 한 달을 가서 설산을 넘으면」에 나오는 "주인공의 여자 친구의 자살"이며, 그 단어는 "그 단어"와 완전히 같은 것이어도 전혀 다른 것이다. 『자살』은 자주색 양장본으로, 얇은 편이고, 표지와 같은 색의 가름끈이 달려 있다. 「다시 한 달을 가서 설산을 넘으면」이 실린 단편집은 양장은 아니고, 표지의 배경은 흰색이었을 것이다. 그러나 읽은 지 너무 오래되어 확신할 수는 없고, 그저 그 "설산"의 이미지를 내 나름대로 잘 간직

하고 있을 뿐이다.) 물론 ① 알고 있는 것만으로는 충분치 않고, ② 알고 있다고 해도 단어의 영향력이 너무 크다면 그것은 앎을 넘어설지도 모르고, 혹은 ③ 알고 있는 게 아닐지도 모르지만, 나는 그것을 알고 있다,고 쓴다.

그것이 소중하기 때문이다. 그것은 그것이기에 (설령 두려움으로 덮여 있다고 할지라도 자주색처럼) 소중하다.

"그 단어"

그 소설에 그 단어가 등장했다고 말하는 그를 기억하기 위한 시는 어떠해야 할까? 그 단어와 같아야 하지 않을까? 그 단어의 모든 것과 같아야 하지 않을까? (모든 것이라 하면) 그 단어는 "그 단어"와 같아야 하지 않을까? 자기 인용을 통해서만 만날 수 있는 건 아닐까? (그를 다시 만나고 싶다면 말이다.) 꿈이 그러한 것처럼, 꿈처럼. 만날 수 있는 걸까?

그 입술

그 책은 그러나 중요하지 않았다. 너는

그 책을 말하는 입술만을 바라보고 있었다. 그 입술에는 선이 하나 있기 때문이었다. (지금은 그때보다 훨씬 흐릿해졌다.) 그 선은 그 입술을 나누고 있었고, 너는 그 선으로부터 그 책에 대한 재미있는 이야기가 발생한다고 생각하기 시작했던 것이다. 그랬던 걸지도 모른다. 그래서 그 선을 만진 것이다. 그 선을 누른 것이다.

그 선은 그러나

부드러운

내 입술에 속했고 (찢어졌고) 어느 다른 곳으로 이어지는 문이나 길목이 아니었다. 그것은 명백한 '사실'이다, 너는 사실을 알면서 무시한 것이다. 무시하고 덮은

것이다.

그 음악

개요

그 음악은 데이비드 린치의 영화 「로스트 하이웨이」에 나온다. 그 영화는 1997년 작으로 한국의 미술 작가 김범의 영상 작업 「검은 테이프 위를 달리는 머리」(1991)와는 6년 차이가 난다.

나는 이 사실을 ① 영화를 보고 나서 깨달았는지 ② 영상 작업을 보고 나서 깨달았는지 아님 ①도 ②도 아닌 어느 시간─어느 시간이란 말일까?─에 깨달았는지 잘 모르겠다. 나는 ①을 볼 때도 (실제로) 혼자였고, ②를 볼 때도 (심적으로) 혼자였다.

②는 서울시 종로구 소재 국립현대미술관 지하 홀에서 본 것으로 어느 홀이었는지까지는 기억할 수 없지만, 나는 그곳에서 헤드폰─아마도 흰색이었을 텐데 확실치 않다─을 쓰고, 어두운 밤을 질주하는 ④ 차를 본다.

그러나 이 명제는 정확하지만 정확하지 않은데 ②가 보여주는 건 ④의 일부일 뿐이며, 그 일부는 화면의 가장자리를 (그 작품을 감싸고 있는 모니터의 테두리처럼) 감싸고 있을 뿐이고, 내가 정말로 보는 건 빠르게 지나가는 ⑤ 2차선 도로이기 때문이다. ⑤는 ④가 달리면 달리는 대로 조금씩 변해간다. 조금씩 망가져간다.

⑤는 그러나 아주 망가지지는 않는다. 아주 검어지거나, 아주 소멸하거나, 아주 증발해버리지는 않는다.

⑤는 ⑤다.

아무리 빠르게 달려도

⑤는 ⑤다. 아주 변하는 건 사람이고, 사람의 생각이고, 사람의 마음이며, 그것을 움직이는 ⑥ 자리인데, ⑥은 대체로 차의 운전석과 닮은 것으로 상상된다. 차의 운전석은 그러나 움직이지 않는다. 진짜로 움직이는 건, ⑥을 부분으로 가지는 ④이다. ④를 모는 것은 사람이지만, 사람은 꼼짝하지 않고 있기도 한다. 그렇게 되면 달리는 것은 누구이며, 달라지는 것은 무엇일까. 나는 거의 달라지지 않는, 비슷한, 그래서 죽은 것 같은 종류의 질문을 또한 ②에서 본다.

그러나 ②는 멈추지 않는다. 자동 반복 재생이기 때문

이다.

①은 어디로 갔을까?

①은 여기 있다. 나는 이미 ①의 유명한 드라이브 장면
과 ②의 끝없이 이어지는 드라이브 장면을 이어 붙였으며,
그것과 그것이 다르다는 걸 알면서도 그 음악을 들으면

어쩔 수 없이 붙은 상태의 ①과 ②를 떠올린다, ①과 ②
를 구분하지 않거나 구분하지 못하고 내내 달리는 그 사
람은 데이비드 린치가 만든 영화 속 인물인 그이지 내가
아니다. 그는

내가 아니어서 그런지 변하고 싶은 때에 결국에는 변하
고, 그 모습을 중계한다. 그 모습은 ①과 ② 사이에서 혹은
①과 ②와 나 사이에서

변화를 중개한다.

변화는 무엇인가? 그것은 ①과 ②와 ③과 ④와 줄임표
와 그리고 이어지는…… 무수히 많은 번호 매김의 과정에
서 누락된 것이다. 그것은 여기에서는

그 음악이다.

아무리 빠르게 달려도

그 음악은 떨어져 나가지 않고, 사라지지 않고, 빨라지지 않는다. 느려지지도 않는다. 그것은 그것의 ⑦ 속도를 가진다. 음악의 제목은 I'm Deranged이다. Deranged의 뜻에는 '정신이상인' '제정신이 아닌' '미친' 등이 있으며, I에는 '나'라는 뜻이 있다. '나'와 '정신이상인' '제정신이 아닌' '미친' 등은 당신의 예상과는 다르게 정확한 ⑦을 가진다.

절대 빨라지거나 느려지지 않는다.

남은 것이 있다. 'm은? 그것은 '나'와 '정신이상인' '제정신이 아닌' '미친' 등을 이어주는 연결 고리인데 고정된 하나의 형태를 가지지는 않는다. (be 동사가 원래 그렇기 때문만은 아니다.) 그의 얼굴은 아주 멋있게 생겼지만 자꾸자꾸 변해서 (감독이 1997년 당시 어떤 방법으로 일그러지고 뭉개지는 얼굴을 구현한 건지는 모르겠지만 멋진 얼굴이 다 그렇듯이) 날아가버릴 것이다.

'm은 그런 것이고, 나는 **그것-그-'m**이라는 연결 고리가 완전히 날아가버리는 삭제의 순간을, 그 화이트아웃

을 기다린다. 그 화이트아웃은 그런데 1991년부터 1997년
까지 6년을 달려온 그 검은 차(車) 안에 이미 있다. 그것은
지쳤다, 그것은

미결정의 상태에 지쳤다. 스스로에게.

빠져나갈 구멍

은 ①과 ②의 어딘가에 있을 것이다. 그러나 지친 것은
그이지 내가 아니다.

나는 ③을 벗고, ④에서 내리고, ⑤를 무단으로 가로지
르고, ⑥을 포기하거나 아예 ⑧ 또는 ⑨를 상상한다. 그는
그런 나 덕분에 잠시 '나'가 된다. 1초 정도 시간이 있을 것
이다,

키스를 하든, 키스가 아닌 그 어떤 방법으로 헛된

ⓐ 정지된

ⓑ 정제된

미래를 상상하든 그것은 그것이 우리의 구멍이다. 알
지요? 나는 「로스트 하이웨이」(1997)의 데이비드 린치가
한국의 미술 작가 김범의 영상 작업(1991)을 보았을 것이

라 생각하지 않는다. 물론 봤을 수도 있겠지. 그리고 김범
(1997 이후)이 데이비드 린치의「로스트 하이웨이」(1997)
를 봤을 것이라 생각하지 않는다. 물론 봤을 수도 있겠지.

그러나 ①과 ②는 스스로, 알아서, 뒤엉킨 것이다. 누가
먼저랄 것도 없이,

그

음악으로.

그 영화

그 영화는 그 영화로 설명된다. ①은 그와 같이 본 것으로 「그래도, 사랑해.」(2025)이다, 압구정 고급 상영관에서였다. 그 상영관의 외관은 그리 밝거나 세련되지 않았지만, 그 상영관의 내부는

어떤 것을 추구하고 있었다. 그 어떤 것은 이를테면 폭신한 의자였는데, 그 의자는 너무 폭신한 나머지 앉은 것도 앉지 않은 것도 아닌 애매한 자세를 취하게 만들었다. 보다시피

그것은 너무 컸다. 너무 커서 발이 땅에 닿지 않았다. 그 의자는 검은색이었고, 검은색이 아니더라도 검은색으로 보일 수밖에 없을 것이었다…… 그만큼 크고, 폭신하고, 침대 같은

그것.

「그래도, 사랑해.」는 그것 외에도 언급하지 못한 다종다양한 조건 속에서 상영되었다. 그 조건 속에는 다종다양한 것이 포함되어 있었지만

나와 그도 있었다. 나와 그는 ①이 끝나고, ①이 상영된 영화관이 있는 동네의 골목을 걸어다닌다. 그 골목은

그 골목과 구별되지 않는다. 그 골목에는 그 영화가 있지

않고, 그 영화에 대한 이야기를 나누는 나와 그가 있다.

그것은 아주 먼 거리처럼 느껴지지만, 그렇게 먼 거리는 아니다. 모든 게 말장난처럼 느껴지지만, 말장난으로만 볼 일은 아니다. 그 영화에 대한 이야기를 나누는 나와 그를 ③ 으로 본다면, ③은 ①을 끌고 다니며 그 골목과 그 골목을 걷는다. 그 골목은 방금 끝났고, 그 골목은 방금 시작했다.

나는 그 골목을 ④라고 부른다. 그는 그러나 그렇게 부르지 않는다. 그래서 나는 ④는 방금 끝났고, ④는 그러나 방금 시작했다. ④는 그런 식이다. 언제 끝나고, 언제 시작되는지

주의 깊게 관찰하지 않으면 모른다. 그런 식으로 이루어진 많은 것(④ 포함)이 우리를 매혹한다,고 말한다. "너는?"

그는 ④에 대해 모르기 때문에 ④에 대해 말하지 않는다. 그는 길을 찾고 있는 중이다. "여기서 '당신은 왜 그걸 했는가?'는 '당신은 거기에 어떻게 도달했는가?'를 뜻한다."

자신이 그것에 도달한 특별한
과정을 그가 우리에게 말한다
면, 이는 우리가 이렇게 말하
고 싶게 한다: "오직 그만이

그것에 이른 과정을 안다."*

그렇다. 나는 (네가 길을 찾는 동안) 내가 간 길을 제시했다. 오직 나만이 그것에 이른 과정을 안다,고 말하고 싶었다. 그러나 그 길은 나만이 걷는 길이 아니었다. 그 길은 ④와 ③과 ②와 ①, 어쩌면 그 외의 번호를 포함하고 있었다. 그 외의

다종다양한 것을 포함하고 있었다. 그것은 당연한 순서가 아니며, 당연한 결과도 아니지만, 당연한 과정인 것처럼 느껴졌다. 그 과정에서

⑤는 길을 찾고 있었다. 길을 찾는 것은 그러나 과정을 찾는 것과는 달랐다. 그 길 끝에는 우리가 먹을 샌드위치와 차가 있을 것이었다. 그 차는 따뜻하고, 달지 않을 것이었다. 단것에는 질렸다.

⑤는 그래서 길을 찾고 있었고,

③은 그 영화를 끌고 다녔으며,

①은 「그래서, 사랑해.」였던 것이다.

---

* 루트비히 비트겐슈타인, 『미학·종교적 믿음·의지의 자유 및 프로이트에 관한 강의와 대화』, 이영철 옮김, 필로소픽, 2022.

그 전시

그 전시와 관련된 글은 전부 읽어보았다. 그 전시가 열리기 전에 그 글은 이미 도착해 있었고, 그 글보다 큰 봉투에 담겨 있었다. 그 봉투는

갈색 서류봉투로, 위와 아래가 붙어 있었다. 그것을 잘라서
납작한 것으로 만들었고, 그것을 다시 말아서 유리컵에 담았다. 그 유리는 평범한 것이었고, 그 컵은 평범한 것이었으나,

그 봉투가 들어간 것(①)은 그렇지 않았다. 그 봉투는 확장되어야 할 전경을 담은 채로 그곳에 말려 있었다. 그곳은 작았고, 벽이

아주

흰색이었는데, 밖을 반영한 건 아니었고, 안을 반영한 것도

아니었다. 거의 밖이거나 거의 안일 정도로 그 크기가 작았기 때문이다. 그래서 그

전경이라고 할 것도 없이 사진이 찍혔고, 그걸 담고 글도 담은 그 봉투가 온 것이었다. 그 봉투가 그렇게 클 줄은 몰랐지만 말이다.*

* 루이스 캐럴, 『이상한 나라의 앨리스』.

그 바다

그 바다는 의미를 잃어버린 게 틀림없었다. 아무리 그 바다에 대해 쓰려고 해도 그 바다는 거부하는 것도 거부하지 않는 것도 아닌 채로 딱딱하게 굳어 그 잡지처럼 존재하고 있었다. 어째서 그 잡지인지 모르겠지만, 그것은 그것대로 대답을 하지 않았다.

잡지의 두 바다
푸른 앞표지를 열어보아도 그것은 그것의 속이 어떤지 도통 알려주지 않는다. 그것은 그저 조용한 무광의 종이 바다거나, 약간의 바스락거림이 있기는 하지만 그 외에는 특별할 것이 없는 평범한 광택지 바다다. 푸른 것은 푸르고, 그 푸른 것에도 ① 색조와 ② 광택과 ③ 깊이가 있어서, 넘기다 보면 감탄하게 되지만…… (나는 머릿속으로 여러 권의 잡지를 동시에 넘기고 있다.) 거기 어디에도 내가 찾는 그 바다가 없다는 걸 분명히 알고 있다.

그 바다가 없다는 것에 대해 말하자면,
그것은 잘 열리지 않는 두꺼운 잡지를 힘껏 젖혔을 때의 정경과 비슷하다. 그 정경이 잘 이어지지 않는 것과 비슷하다. 그 정경은 한풀 꺾인 것이다. 완전히 매끄럽게 펼쳐질 수 없는 것이다. 매끄럽게 펼쳐질 수 없는 것을 출력해 보일 때 생기는 오류와 같은 것이다.

그 바다

그 바다는 의미를 잃어버린 게 틀림없었다. 아무리 그 바다에 대해 쓰려고 해도 그 바다는 거부하는 것도 거부하지 않는 것도 아닌 채로 딱딱하게 굳어 그 잡지처럼 존재하고 있었다. 어째서 그 잡지인지 모르겠지만, 그것은 그것대로 대답을 하지 않았다.

잡지의 두 바다

푸른 앞표지를 열어보아도 그것은 그것의 속이 어떤지 도통 알려주지 않는다. 그것은 그저 조용한 무광의 종이 바다거나, 약간의 바스락거림이 있기는 하지만 그 외에는 특별할 것이 없는 평범한 광택지 바다. 푸른 것은 푸르고, 그 푸른 것에도 ① 색조와 ② 광택과 ③ 깊이가 있어서, 넘기다 보면 감탄하게 되지만…… (나는 머릿속으로 여러 권의 잡지를 동시에 넘기고 있다,) 거기 어디에도 내가 찾는 그 바다가 없다는 걸 분명히 알고 있다.

그 바다에 대해 말하자면,

그 바다는 속초 시내에서 나를 따라다녔다. 그 바다는 그 바다에 다다르기 전부터 나를 따라다녔다.

① 보이지 않아도 보이는 것이나 다름없다는 듯이.

② 보이지 않아도 보이는 것이나 다름없는 것이 (앞으로) 보이는 것보다 더 진짜라는 듯이.

물론 당신은 당신이 이전에 와봤기 때문이 아닌지 물을 것이다. 그게 아니면 당신이 늘 가지고 있었던 바다에 대한 ① 인상과 ② 이미지가 길가의 표지판이나 스마트폰의 지도가 가리키는 ③ 방향과 겹쳐지면서 환상── 일렁임이라고 했겠지만── 을 발생시켰기 때문은 아닌지 물을 것이다.

그 물음은 그러나 정확한 대답이 될 수 없을 것이다.

합성물

그 바다로 가기 위해 속초 시내의 작은 횡단보도를 건너 흰색으로 칠한 콘크리트 벽으로 향할 때, '나'는 이미 그 바다를 본 것이나 다름없을 것이다. 그 바다는

그 벽에서, 그 벽 위에서 일렁이고 있을 것이다.

물론 내가 고개를 들어서 그 (가깝지만 가깝지만은 않은) 벽에서 바다를 보려고 애쓴다 해서 그 바다가 보이지는 않을 것이다. 보이지는 않지만 보이지는 않는 방식으로 보일 것이다. 그 바다는 본 것이나 다름없는 것 그러나 본 것은 아닌 것으로서

이전에 본 바다와 지금 보는 바다와 나중에 보게 될 바다와는 전혀 다른 것으로서 그 흰 벽과 합쳐진 상태일 것이었다.

쓰기

그러니 당신이 "그 바다"라는 제목을 써두고, 내내 벽을 향해 걸어가는 장면만을 떠올린 것도, 그 장면에 그 바다가 있는 게 틀림없다고 느낀 것도, 무리는 아니다. 어제는

그 장면에 가로막혀서 "그 바다"로 도무지 갈 수가 없다고 느꼈지만, 어제는 그 장면에 가로막혀서 "그 바다"로 도무지 이어지지 못하리라 판단했지만, 오늘은 그렇게 느끼지도 그렇게 판단하지도 않는다.

그 바다로 가고 싶지만, 그 바다로 가고 싶은 게 아니라,

그 바다로 이어지는 골목으로 ① 들어가고 싶은 것이다. 흰 벽이 있는 반대편 골목으로 ② 건너가고 싶은 것이다. 그 골목에 있는 빙숫집으로 ① 가고 싶은 것이다. 빙숫집을 지나치면 보이는 공터를 ③ 기웃거리고 싶은 것이다. 그 공터를 기웃거리다가 지나가는 개를 ④ 보고 싶다. 개가 지나가고 난 뒤의

고요한 공기와 그

고요한 공기를 가르는 방울 소리가 "그 바다"를 기억하게 한다고 너는 쓰고 싶다.

너는 쓰고 싶은 것이다.

그 잡지의 두 바다

따라서 그 잡지는 그 바다로 가는 우회로다. 그 잡지는 그 바다와는 전혀 관계가 없지만, 그 바다와는 전혀 다른 그 바다를 보여주지만. 그 잡지는 그 바다로 가는 우회로다. 그래, 그것은 더는 딱딱하게 굳은 잡지가 아니라 접으면 접는 대로 둥글게 말리는 부드러운 잡지다. 원래부터 그랬을 것이다.

"그 바다"

그 바다에는 밝은 기운이 없었다. 해가 나지 않은 건 아니었지만 해가 충분하다고 느껴지는 기운은 없었던 것이다. 기운은 어디에나 작게든 크게든 깃들어 있다고 하지만 그것이

기운을 잃을 때면 어디에도 그것을 기운으로 느끼게 할 만한 동력이 없다는 느낌을 그 바다를 방문한 사람은 느끼게 된다. (동력은 어디에 있는 것일까?) 그 바다는 해수욕장이라고 부르기엔 너무나도 작고 볼품이 없었지만, 해수욕장 비슷한 그 바다로 기능할 수는 있었다. 그러니까 해수욕장이 아니라고 할 수는 없었다. 그렇다면, 여기서 '해수욕장'을 '해수욕장'으로 만드는 최소한의 요건을 찾아낼 수도 있었을 것이다.

지금은 초가을인가? 초가을이어서
객관적일 수 없는가?

나는 구명조끼와 수박 모양 물놀이 공과 노란 튜브가 처마에 걸려 있는 횟집을 지나, 물방울이 맺힌 아이스크

림 냉동고가 웅웅대는 편의점을 지나, 글씨를 읽기 어려울 만큼 바랜 포스터가 붙은 회색 벽을 지나, 적어도 4층 높이는 될 법한 대형 베이커리 카페를 지나, 그럼에도 이곳을 황폐해 보이게 만드는 요소인 바다 그 자체를 바라보았다. 바다 그 자체는 그러나

보이지 않았다. 보이는 건,

모래사장과 모래사장 너머로 넘실거리는 탁한 색이었다. 색은 완전히 푸르지도 푸르지 않지도 않아서 중간 지대를 떠오르게 했고, 거기, (사람들이 떠 있지 않았더라면,) 황토색 색소를 넣어 굳힌 젤라틴이나 그와 유사한 이상한 물질*이 흔들리고 있다,고 착각할 정도였다. 그러나 그것이 바로 "그 바다"였고, "그 바다"라고 부르는 것의 전부였다.

나는 어째서 이렇게 쓸쓸한지. 그 쓸쓸함이 내 것이 아니라 ① 오직 밖에만 속할 수도 있는 것인지. ② 오직 밖에만 속한 그것을 정확히 포착하거나 짚어낼 수 없기에 더욱 쓸쓸함으로부터 배제된 느낌(쓸쓸함)을 내 것으로 느끼는 건 아닌지. 궁금했다.

그 밖의 나머지는 전부 안에서 물놀이를 할 때 느낀 감정이었다. 그것은 그러나 밖에서의 인상이 아니었다면 형성되지 않았을 종류의 것이었다. 그 때문인지 아닌지 몰라도 이후의 감상은 전체적으로 깨끗하지 못하고, 탁하고, 칙칙했다.

* 테레지아 모라, 『이상한 물질』, 최윤영 옮김, 을유문화사, 2018.

"그 바다"

　그 바다는 그 바다와는 다르게 아주 밝았다. 아주 밝아서 오히려 전체를 가늠하기 어려웠다. 전체는 지도에 따르면 그다지 크지 않았고, 걸어서 20분에서 30분이면 끝날 것이었다.

　그러나 전체는 끝나지 않았다. 전체는 지도 안에 속하지 않은 채로 그러나 지도 안에 속하지 않은 것도 아닌 채로 존재하고 있었다. 지도가 가리키는 영역을 벗어난 것인지 아님 여전히 지도가 가리키는 영역의 내부에서 걷고 있는 것인지 확신할 수 없었는데 그 사실이 무척 (생각지도 못할 만큼) 생생하게 머릿속을 채우고 있었다.

　그때……

　그때 (당신에게) 작은 관리 사무소 한 채가 보인다. 작은 관리 사무소는 해변의 한가운데에 위치하고 있어서 좌우나 가까운 곳과 먼 곳을 두루 조망하기 좋아 보인다. 그에 비해 주차장은 (이러니저러니 해도) 실질적인 입구이지만 한쪽으로 치우친 것이다. 치우친 것. 그러나 치우친 것으

로 보이지도 느껴지지도 않는 것으로서

  그것은

  흰 선이 그어져 있지 않은 임시 주차장으로 선은 ① (비바람에) 지워졌거나, ② 처음부터 존재하지 않았을 것이었다. 그러나 해가 너무 강한 오후에는 그것과 그것을 구별하게 해주는 선이 과연 존재했는지 존재하다가 사라졌는지 혹은 사라진 적도 존재한 적도 없으며 오직 사람들의 필요에 의해 그때그때 보이기로 했는지 알 수 없었으며 구별할 수도 없었다.

  그러나 관리 사무소 우측으로는 스무 대 남짓의 크고 작은 ① 차가, 좌측으로는 세 칸짜리 ② 분리수거함이, ③ 간이 샤워실 건물과 화장실 건물이 한 동씩 차례로 서 있었다. ①, 관리사무소, ②, ③ 혹은 반대로 혹은 순서에 상관없이, 상관없이. 하나 둘 셋 혹은 셋 넷. 그것은 (나나 당신에게) 분명히 짧은 길이었고, 30분이면 끝나야 마땅한 부피이자 느낌이었다.

그 식탁

그 식탁은 매번 달라지기 때문에 단 한 번의 묘사로 말할 수 없다. 그 식탁은 매번 달라지면서도 매번 같다는 인상을 주는 단 하나의 식탁으로. 어머니가 차리면 차리는 대로 달라진다. 달라지지만 그 식탁은 그 식탁으로, 그 식탁에서 벗어나지 않는다.

그 식탁은 그러나 (당연히) 질서를 모르기 때문에 달라진다는 것을 모르고 달라지지 않는다는 것을 모른다. 그저 그것— 질서 모름— 이 가질 수 있는 소박하고 편안한 분위기를 풍기고 있을 뿐이다. 그 식탁, 희지 않아도 희다고 부를 수밖에 없는 그 흰 식탁은 깨끗하다. 아무것도 올려놓지 않은 것처럼. 비어 있는 것처럼.

그 식탁의 위에는
체크무늬 식탁보가 올라온 적은 없다. 내 기억에 따르면, 그것은 ① 체크무늬가 아니라 ② 어미 곰이 그려진 흰 바탕의 식탁보였다. ②는 작았고, 식탁 전체를 덮지는 않았다. 정중앙을 겨우 덮을 뿐이었다. ②가 사라지고 ③이 보이기 시작한 게 언제쯤인지 기억할 수 없지만 ③은 ②와 크게 다르지 않았다. 그래도 ③이 주는 기분이나 느낌

은 무척 달라서

어느 날은 ②를 찾게 했고, 그리워하게 했다. 막상 ②가 있을 때엔 그것을 찾지도 그리워하지도 자세히 뜯어보지도 않았으면서…… 말이다. 지금은 ①도, ②도, ③도 없지만, 나는 ②의 한가운데에 서 있는 큰 곰의 갈색 털을 한 올 한 올 기억할 수 있는데, '착각'이라고 하기에는 무척 생생하다.

식탁의 위에는

① 계란, ② 감자, ③ 호두 몇 알, ④ 갑 티슈에 씌우는 덮개가 있다. 덮개 가장자리에 장식이 달려 있다. 이 이상은 번호를 붙이는 것이 의미가 없다. 있는 것은 ①, ②, ③, ④ 외에도 또 있겠지만, ①, ②, ③, ④는 ①, ②, ③, ④로, 있어도 없어도 그곳에 있는 것과 같다. ①, ②, ③, ④는 순서대로 존재하지도 않고, 늘 존재하지도 않고, 늘 존재하지 않는 것도 아니다.

나는 그것을 안다.

(어머니는 ①과 ②와 ③을 넓적한 접시에 한 번에 올려 주시기도 하고, 코코넛을 깎아 만들었다는 둥근 볼에 ①과 ②를

담아 주시기도 한다. 후자의 경우, ③은 간장 종지 비슷한 크기의 작은 그릇에 있을 것이다. 나는 ③, 그것을 먹거나 먹지 않는다. ②의 껍질이 벗겨져 있는 경우는 많지 않은데, ②의 껍질이 벗겨져 있지 않더라도 그것은 그것의 색을 그대로 내비친다. 그것의 껍질을 손톱 끝으로 살짝 긁어낸 뒤 벗겨내는 걸 아주 좋아하지는 않지만 아주 싫어하지도 않는다. 벗긴 ②의 껍질을 식탁 유리 위에 그대로 두는 경우는 거의 없고, 그 코코넛 볼에 넣거나 새로운 접시를 가져와 따로 모으거나 한다.) 어머니가 의도하셨든 의도하지 않으셨든 ①, ②, ③은 따로따로 있기도 한다. 때로 ③은 식탁 근처에 있지만 (그런 경우는 상당히 많지 않은가?) 나는 그것을 식탁에 있는 것으로 친다. 식탁에 있는 것으로 치고 가져온다. ④는 어디로 갔을까? ④는 가까이 있지만 잘 보이지 않는다. 티슈가 흰 만큼이나 ④가 희기 때문이다. ④의 가장자리에는 흰 장식이 달려 있다. 그 흰 장식 또한 눈에 잘 띄지 않는다.

희기 때문이다.

잘 보이지 않는 것을 희다고 기억하는 이유는 그것이 정말로 희기 때문이기도 하지만 정말로 희지 않아도 잘 보이지 않고 잘 보이지 않는 그만큼 희기 때문이다.

어느 날은 ①도 없고, ②도 없고, ③도 없는 식탁에 앉아서 내 얼굴을 본 적이 있다. 얼굴을 보려고 앉은 게 아니라 얼굴이 비치어 그것을 보면서 ①, ②, ③, ④를 기다릴 수밖에 없었던 것이다.

식탁은 어떻게 되는가

식탁은 어지러워진다. 그러나 나는 거기서 식탁의 시작을 본다. 식탁의 시작은 ①, ②, ③, ④ 그리고 그것들의 단순한 움직임이다. 단순한 움직임에는 변하지 않는 성질이 있는 것만 같다. 그러나 그것은 착각이다. 식탁보로 쓰이던 ③은 어디로 갔는가.

③은 어디로 갔지요?

어느 날, 어머니에게 물으니 그녀는 거실을 가리키셨다. 거실의 키 작은 테이블에서 벗어난 적이 없다는 것이었다. 나는 아니라고, 우리가 ③을 식탁에 깔고 식사를 한

적이 분명 있다고 말했지만, 어머니는 글쎄, 엄마는 잘 모르겠는걸, ③은 늘 저곳에 두었지, 저곳에 두지 않으면 음식이 튀니까 말이야,라고 하셨다.

그 식탁

　그러나 그 식탁은 둥글지 않았다. 각진 것도 아니었다. 그것은 길었다. 길지만 아주 길지는 않아서 이곳까지, 그러니까 그것을 그리워하며 물끄러미 시선을 던지는 바로 이곳까지 도달하지 않는다. 이곳까지는 그 어느 것도 닿지 않겠지. 그러나. 당신이 본 것. 당신이 보았다는 것은 어느 날엔 햇빛에 어느 날엔 흐린 구름에 반사되어 식탁의 식탁보를 눌러둔 두꺼운 유리에 비치고 나는 숨죽여 그것을 본다. 그것이 움직이고 있다. 움직여. 흔들리고, 심지어는 날아가버리기도 하는 것을, 그것의 깃이 갈색이며, 검은색이며, 때때로 붉은색이기도 하다는 것을 반영(反影)만으로 어떻게 안 것인지?

　그러나 알고 있다. 그것이 (결국에는 무엇으로 판명이 되든 늘) 푸르고, 그것이 흔들리며, 그리하여 결국에는 새를 멀리 날려 보내고 만다는 것을. 새는 가고 없다.

　그것은 이제 긴 식탁의 윗부분, 그러니까 ④가 놓여 있는 곳 주변에서 간간이 푸른빛을 발할 뿐이다.

　해가 지면 사라지겠지.

　그러나 사라지지 않는다. 그것은 그 식탁 가장자리에 위치해 있는 동시에 그 식탁의 기억 정중앙에 위치하고 있어서 나는 그것을 그것의 가장 치우친 곳에서 가장 선명하게 본다. 그것은 어디인가. 그것은 그 식탁의 반영이 아니라 그 식탁의 반영이다.

그 식탁은 그 식탁으로 충분하고, 그러나 그 식탁에 더해지는 것은 그 식탁의 것이 아니라 그 식탁일 뿐이다. 나는 그 식탁일 뿐인 것을 본다. 감사한 마음뿐이다. 당신이 어떤 것을 떠올리든 그것의 생생함은 나의 그 식탁을 방해하지 않고 그 식탁을 해치지 않고 풍성하게 만들어줄 뿐이다. 그러니 놀라지 말길, 새여.

기차

난 그 기차에 탄 적이 없다. 그저 기차에 대한 이야기만을 들었을 뿐이다.

기차에 대한 이야기는 기차에서 나누는 이야기와 반쯤은 뒤섞여 있었다. 나는 그래서 이야기의 배경을 혼동하고는 했는데 그것은 반드시 차창 위나 차창 뒤로 지나갈 수밖에 없는 상념을 보고 있는 듯한 착각을 불러일으켰다. 상념이라고 온전히 말하기도 어려운 반(半)생물성. 무슨 말인지 알겠는지?

차장은 다가와 자신이 차장이 아니라고 했다. 당연하지. 난 네가 차장이 아닌 걸 알고 있다. 그럼에도 널 기다렸지.
네가 와서
갈 길을 잃기를 기다렸지. 갈 길을 잃고

창밖을 보기를 기다렸지. 창밖은 내 어린 시절. 내 아파트. 내 창고. 내 창고의 자물쇠. 그 밖의 내 것. 온전히 내 것. 너는 깜짝 놀라 주위를 둘러보다가 날 당기겠지. 난 부

드럽게 무너지는

편. 끈 없이도 좌우되는 편으로, 널 덮는다.

2

그 복도

그 복도의 끝에는 창고가 있다. 창고는 평범하고 낮에만 보인다. 낮에만 보인다는 점이 창고를 특별하게 만들지는 않는다.

오래된 자물쇠에 흔히 있을 법한 녹이 있다. 어쩌면 질긴 녹색 끈이 묶인 채로 나풀거렸을지도 모른다. 끝이 해어진 채로 달려 있는 건 무슨 의미가 있을까?

난 들어가서 무언가를 찾던 장면을 떠올리지만 장면 속의 '나'는 내가 아니라 그인데 그는 지금과 똑같은 모습이다. 똑같은 나이인 것 같다.

나이가 그를 나이 들게 하지 못했거나 그가 나이들지 못했거나 반대로 그가 젊은 적이 없거나. 옷은 유추를 가능하게 만들어주지 않는다. 옷은 과거와 현재와 미래를 구분 짓는 걸 가능하게 만들어주지 않는다 이상한 일이다.

그는 반소매를 입었다가 스트라이프 무늬 긴소매를 입었다가 5부 바지를 입었다가 카키색 9부 바지를 입고 있다. 조합이 어느 것도 바래게 만들지 못하는 건 그가 내가 아는 사람이기 때문이다.

그는 내가 아는 사람이었고 지금도 아는 사람이고 앞으로도 아는 사람일 것이다 설령 사이가 멀어지거나 달라지거나 죽는다고 해도 그는 거기서 뭔가를 찾고 있을 게 틀림없다.

어째서 박스들은 먼지에 덮인 채로 쌓여 있었을까. 그는 그런 식으로 물건을 관리할 사람이 아니었다 그러나 창고는 해가 아주 잘 드는 복도 끝에 있었고 끝에는 집이 있었다.

집이 있기 직전에는 길고 납작한 창문이 하나 있었는데 밖에서도 열 수 있었고 안에서도 열 수 있었지만 밖에서는 여는 사람이 없었던 것 같다. 그것은

안에 속한 것이었다. 예를 들면 당신에게.

당신은 그것을 지나 철문을 지나 철문에 직각으로 서 있는 유리문에 선다. 정확히 말하자면 유리문이 아니라 유리를 끼운 철문이다. 그것이 창고의 시작이다. 창고의 시작은 그러나 그것으로 끝이 아니다.

언제나 무언가를 찾고 있는 장면을 기억해낼 수 있는데 거기서 뒤를 보이며 서 있는 당신은 그런데 나인 것 같다. 나는 기다리며 서 있다. 손에 쥐고 있는 게 있을 수도 있다. 어느 날

잘못이라는 걸 알면서도 열쇠로 벽을 긁을 수도 있다. 그날일 수도 있다. 긁은 벽은 그러나 그날 이후로 사라지는데 이상한 일은 아

닐 것이다.

난 그런 식으로 유년을 지나왔다. 그리고 유년이 그런 식이라면 그도 그런 식일 거라고 오해했다. 쌓인 게 많았던 것이다.

지난 한 해와 두 해 그리고 6년. 어쩌면 19년. 19년이 맞다. 거기서 나는 문을 열게 할 만한 비밀을 발견하지만 그것은 더는 작동하지 않는 때가 되어서야 단서가 된다.

그 구조물

그 구조물에 대해 말하려니 손에 땀이 난다. 손에 땀이 나는 이유는 흥분했기 때문이 아니라 두렵기 때문일지도 모른다. 그 구조물은 집에 가는 길을 10등분했다고 치면 그중 2에 위치했다.

출발지에서부터도 2에 있었고 도착지에서부터도 2에 있었다. 어떻게 그럴 수 있었는지 모르겠지만 그것이 위치한 방식이라는 게 그랬다.

위치한 방식을 내가 바꿀 수 있는 건 아니었다. 내가 바꿀 수 있는 건 집으로 돌아가는 경로였는데 그렇게 하는 데도 한계가 있었다. 어쨌든 집을 옮기는 건 생각할 수 없었기 때문이다. 그건 너무 가혹한 일이었다. 나에게나 그에게나. 그는 아직 일에 적응하는 중이었으며 아직도 일에 적응하는 중이라는 걸 스스로는 깨닫지 못하고 있었다. 그에게는 다른 이유에서

집이 중요했고, 집의 구성원이 중요했고, 구두가 중요했고, 서류 가방이 중요했다. 가방은 본체에 손잡이가 달린 것으로 평범하고, 구두도 좋은 것이긴 하나 10만 원이 채 되지 않는 것이니 아주 고급은 아니다. 지금이라 해도 마찬가지다.

그가 집에 돌아오는 길에는 그 구조물이 2에 위치하

지 않았을 것이다. 주말에도 2에 위치하지 않았을 것이다. 그러나 구조물은 올라가는 길에도 2에서 보였고, 내려가는 길에도 2에서 보였으며, 그 길을 오르내리지 않기 위해 선택한 좁은 뒷길에서는 보이지는 않아도 보이는 것이나 마찬가지였다. 그게 거기 있다는 사실이

늘 내 상상력을 자극했다. 난 그 구조물을 좋아했고, 너에게 말해주기도 했었다. 그걸 천으로 덮어서 아주 긴 터널로 만들어버리고 싶었다 그게 내가 좋아하는 방식이었다. 그렇다는 걸

그때는 몰랐다. 뼈가 듬성듬성 드러난 것으로서의 철골 구조물은 특별한 구조물은 아니었다. 누군가가 매달리는 일은 거의 없었다. 누군가가 매달리는 일은 가끔 있었고, 그 누군가가 '나'이기도 했는데

그걸 바라보는 게 너였으면 좋겠다고 아주 오래전부터 생각했다. 그땐 너를 몰랐고. 네가 어떻게 삶을 견뎌내고 있는지도 몰랐다. 부자를 미워하고 부자의 아이조차 미워할 만큼

영혼에서 피를 흘리고 있다는 걸. 모르고 풀과 나무가 무성하게 자라나봤자 전혀 밀림이 되지 못하는 온화한 지방의 소도시에서 차

가운 날에나 뜨거운 날에나 손으로 그것에 매달려 오랫동안 너를 그리워했다. 매달린 누군가인 '나'를 지켜보고 웃는 이가 있다면 그게 너였으면 좋겠다고 생각했다. 아직 너를 모르고 너를 만나게 되리란 보장이 없음에도 그랬다. 그것이 내 씨앗이라는 걸 몰랐다. 몰라서 그 구조물 아래 거친 모래밭에 심고 말았다는 걸.

씨앗은 자라나지 않았다. 그것은 절대 자랄 수 없는 곳에 심겼고, 거기엔

그 구조물이 있었다. 그 구조물이 좋았다, 좋았다는 걸 몰랐다. 난 그를 기다리며 그것에 매달려 있는 그런 종류의 아이가 아니었다. 그와 그의 구성원을 상상하는 아이가 아니었고,

거기 매달린 아이가 없기를 바라는 아이였다. 거기 매달린 아이가 없어서 그 구조물이 내 상상력을 자극하길 바랐다. 그것이 움직이길 바라면서

아주 길고 큰 흰 천막(天幕)을 거기에 걸었다. 그 속은 거대 악어의 속으로 어둡고 깜깜하지만 아이는 견딜 수 있을 뿐만 아니라 쉴 수도 있었다. 검붉은 은신처가 있는

것이었다.

그 피아노

그 피아노는 건반이 여러 개고, 검은색이 있다. 난 그 피아노를 좋아하지 않지만, 버릴 수는 없는데 그것이 내가 산 것이 아니기 때문이다. 그럼에도 그것은 내 피아노였다. 언제까지는. 그러다 그것은 내 것도 아니고 내 것이 아닌 것도 아닌 피아노가 되었다.

음정이 맞지 않아도

난 그 피아노를 가끔 쳤고, 그 행위는 그것이 있어야만 하는 이유가 되지는 못했지만 그것이 버려져야만 하는 이유가 되지도 못했다.

흰 커버를 자주 빨아서 그것에 딱 맞게 제작된 긴 가죽 의자 위에 덮었던 건 내가 아니라 그다. 그는 꼼꼼한 성격이고, 그것을 일이라고 느끼지 않거나 일이라고 느껴도 스스로를 속인다. 혹은 속인다는 생각이나 마음이 없이도 그 일을 해낼 수 있어서 그 자신으로 지낼 수 있다. 그가 입고 있는 상의는 오래된 빛깔인데 오래되었기 때문이 아니라 처음부터 빛바래 보이는 걸 의도했기 때문에 오래된 빛깔을 띠는 그런 7부다. 그것은 그에게 딱 맞는다. 그는 그것을 좋아하지도 싫어하지도 않는다. 그러나 아주 싫어했다면 입지 않았을 것이고, 그리하여 내 기억에 남지 않았을 것이다. 바지는 잘 모르겠다. 폴리에스테르 재질의 평범한 운동복 같은 것이다. 아주 길지도 않지만 아주 짧지도 않아서

디테일이랄 게 없어 보인다. 그는 막 뚜껑을 내려놓았고, 그것은 안에 빨간 덮개를 가지고 있거나 가지고 있지 않다.

어느 때엔 불필요한 일로 보이고, 어느 때엔 불필요하더라도 해볼 법한 일로 보여서 그에게 손을 내밀어 내가 하겠다고 수줍게 말하기도 한다. 그러나 그는

내가 수줍어한다는 사실을 모르고, 그는 나를 귀여위한다. 수줍어하기 때문이 아니라 '나'가 그보다 어리고 약하기 때문에. 그러나 그는 그 사실을 모르고 나를 귀여워하기 때문에

순전한 기쁨을 느낀다. 그것은 흰색이고, 순전함과 순진함을 구분하지 못하게 만든다. 빨간 덮개와 흰 커버는 당연히 다른 것이다. 다른 것으로서 다른 곳에 놓였고, 가끔은 둘 중 하나의 끝자락이 덮개의

이음새나 그 어떤 말하기 어려운 부분에 붙잡혀

밖으로 나와 있었다. 밖으로? 어느 밖으로 말인가. 나는 갈 길을 잃은 그것을 정돈하고, 돌아선다.

네모반듯한 의자나 곡선
이 평범한 덮개의 그 밖으
로 말이다. 나는 그것에 앉
아서 늘

뭔가를 쳤는데 뭔가는 대
체로 남이 시킨 것이었고,
내가 좋아서 하는 것은 아
니었지만 그것이 내게 기쁨
을 주기도 했기에

나는 그것을 버릴 수 없
었고, 그것을 버릴 수 없어
서 행복하기도 했다. 성인이
되어서 학기를 마치지 않은
채 한국으로 돌아온 어느
날엔

그 방에 있는 그 피아노
를 책상으로 쓰기도 했다.
책상에서 독일어 공부를 하
고, 이후엔 너를 만난다.

그 맥도날드

그 맥도날드는 그 롯데리아와 달랐다. 그 롯데리아는 내가 살던 골짜기와 가까이 있었다. 말이 골짜기이지 그 골짜기는 골짜기가 아니었다. 골짜기라고 부르면 딱 맞을 법한 위치에 있어서 그렇지 그 아파트 단지는 골짜기가 아니었지만, 만일 당신에게 그 아파트 단지를 보여주고, 그 아파트 단지의 위치를 문학적으로 표현해보라고 부탁하면, 당신은 그 골짜기를 골짜기라 부를 수도 있을 것이었다.

그 골짜기

그 골짜기에는 왕수학학원과 앨리스문구점과 방방(표준어로는 트램펄린이라고 부르는 것)과 담벼락과 정문과 후문이 있었다. 벽보를 붙일 수 있는 학교 게시판이 있었다. 아이들이 있었다. 키만 한 가방을 메고 골짜기를 오르내리는 아이들이 매일 있었다. 나도 그중 하나로 동선은 매번 달랐다. ① 왕수학학원에 갔다가 그 골짜기로 가거나, ② 왕수학학원에 가지 않고 그 골짜기로 가거나, ③ 그 골짜기에서 멀어지는 방향으로 가기도 했다. 그 골짜기에서 멀어지는 그 방향에서 나는 여러 수단을 택할 수 있었다.

① 버스를 타거나,

② 버스를 타거나,

③ 중형차를 타거나,

였는데, ①은 대중교통이었고, ②는 마트에서 운영하는 무료 셔틀버스였고, ③은 합기도 학원에서 운영하는 셔틀 차였다. 그 외에도 ④나 ⑤나 ⑥이 있었을 것이다. 때때로 ⑥은 택시였고, 아버지 차였고, 교회 버스였다. 교회 버스가 어디까지, 그 골짜기의 어느 지점까지 들어왔는지는 잘 모르겠다. 그 골짜기는

생각보다 깊었다.

그 롯데리아

그 롯데리아는 그 골짜기와 가까웠다. 그 골짜기는 그 롯데리아로도 기억된다. 그 롯데리아는 그 골짜기와 가장 가까운 동네에 있었다.

그 동네는 그 골짜기의 상위 버전이었다. 그러나 "……무한수가 존재하는 곳에는 정도도 순서도 없다. 정도나 순서가 운위되는 것은 다른 종이나 유, 혹은 동일한 종이나 유 속의 다른 규준에 속하는 원리 내지 가치에서 바라보았기

때문이"기에 그 동네는 그 골짜기보다 더 높이 위치하거나 더 깊숙이 위치하거나 더 넓게 위치하거나 더 위치한 건 아니었다. 아니었는데도

　그 동네는 그 골짜기의 상위 버전처럼 보였다. 차가 조금 더 많고, 사람이 조금 더 많다. 부나 모나 보호자와 함께 나오는 곳이고, 친구와 함께 나오는 곳이다. 함께 나오는 곳이라는 인상을 받는다. 누구와 함께? 어디로부터? 그러나 그것은 표현일 뿐이며, "칸토어의 대각선 논법은 바로 '무한수가 존재하는 곳에는 정도도 순서도 없다'는 것에 기초해 있"으므로…… 그 동네의 "한정된 내부(코스모스)"*에 대해서만 말한다면, 그 동네는 그 골짜기의 상위 버전이겠지만

　그 동네는 물론 그렇지 않았다. 내 말은, 그 동네는 한정된 내부로만 말할 수 있는 곳이 아니었다는 뜻이다. 그 골짜기가 그랬듯이 그 동네는 그 동네라는 이름으로 불렸지만 실제로는 한정된 내부가 아니라 무한을 전제하길 요구하고 있었던 것이다. 그러나 나는 그것을 몰랐고, 그 롯데리아를 아주 특별한 공간으로 취급했는데,

　그 롯데리아를 아주 특별한 공간으로 취급한 나머지 그

빨간색 간판이 달린 3층짜리 건물이 ① 그 골짜기와 ② 그 동네와 ③ 그 동네의 다음 동네와 ④ 다음 동네와 어쩌면 ⑤ 다음 도시에 영향을 미치는 강력한 자석이라고 그렸다.

그림

그것은 믿음이나 생각이 아니라 그림이었다.

A의 영향력이나 위상을 이
론화하지 않고, A의 그것이
내 안에서만 강력한 색감이나
에너지를 가지도록 두는 것.

그것이 그림이었다. 나는 그 롯데리아가 강력한 자석이라고 믿거나 생각한 것이 아니라

그 롯데리아가 내 안에서 강력한 자석이 되도록 내버려둔 것이다. 그것은 커지지도 커지지 않지도 않았으며, 선명해지지도 선명해지지 않지도 않았고, 오히려 부—음—부—음— 하며 떨리는 것 같았다. 그러거나 말거나 나는 그 롯데리아를 내버려두었고, 그 롯데리아는 착시

효과를 주는 장난감 그림처럼 내 안에 걸려 있었다.

①과 ②와 ③과 ④와 ⑤ 그리고 ⑥, 어쩌면 ⑦은 늘 그림을 필요로 했고, 그림이 아니라면 ①과 ②와 ③과 ④와 ⑤ 그리고 ⑥, 어쩌면 ⑦에 대한 나의 회고를 순서 없이 진실하게 말할 수 없었을 것이다.

순서

이것은 순서가 아니다. 이것은 순서처럼 보이지만 순서가 아니다. 순서였다면, 당신에게 혼란을 주지 않았을 것이다.

따라서 이것은 또한 그림이다.

보편적인 것은 모든 세계와 그 간극(에테르의 영역)을 포함하는 무한 공간밖에 없다. 스피노자에게 있는 것도 바로 이러한 기하학이라고 할 수 있을 것이다.**

그 맥도날드

그 맥도날드에 간 것은 아주 오랜 뒤의 일이다. 그 맥도날드는 그 공원에서 나와 5백여 미터를 걸으면 나오는 것으로 크기가 큰 편이었고, 단층이었다. 드라이브스루가 있었던 것 같기도 하고 없었던 것 같기도 하다. 그 맥도날드를 지나쳐 그 중소 규모의

(도

시의)

안으로 들어가

중학생이던 나는 ① 그 맥도날드를 지나서 너에게 가거나, ② 지금 그 맥도날드에 있으니 여기로 오라고 하거나, ③ 네가 그 맥도날드 뒤편 그 아파트에 산다는 걸 알게 되거나 했다. 늘 그곳에 가고 싶었고, 늘 그 주변을 얼쩡거렸다.

* 가라타니 고진, 『탐구』 2, 권기돈 옮김, 새물결, 2010.
** 같은 책.

그 이념

 그 이념은 그 공원까지 퍼졌고, 그 공원에서는 나무가 크게 자라나지 못했다. 그 공원에서는 나무가 크게 자라나지 못한 것이 ① 관리 부족 때문이라는 의견이 우세했다. 그 의견이 더 컸기 때문에 그 공원에는 관리원이 보이지 않았다. 마치 ①을 뒷받침이라도 하듯이 그랬다.

 나는 그곳에 농구를 하러 가지도 않았고, 배드민턴을 치러 가지도 않았다. 그러나 그곳에는 농구를 하고, 배드민턴을 치고, 자전거를 타는 중고등학생이 많았다. 나는 그 차를 타고, 그 차의 안에서 ① 울거나, ② 자거나, ② 밥을 먹었다. 그 차는 더는 소나타가 아니었다. 소나타 그다음이었다. 그 차는 눈에 띄지 않았지만, 내 것이었다. 내가 타는 차였다는 뜻이다. 나는 내 것이지만 내가 움직이지 못하는 것, 내가 감히 움직이려고 들지 못하는 것에 대해 ① 예상치 못한 값을 치르게 될 것임을 ② 값을 치르고 배우게 될 것임을 그때는 알지 못했다.
 그 값은 너무나 부드러운 흔들림일 것이었다. 너무나 부드러운 커브인 나머지 내가 돌고 있는 줄도 모르고 치르게 되는

그리하여

눈을 떴을 때 그 자리에 그대로 남게 되는

①도 ②도 모르는 ③ 값일 터였다. ③은 순서의 영역에서 벗어나

있다는 걸 그때는 몰랐다.

③

내 것인 그 차는 그 공원의 우측 가장자리에 주차되어 있었다. 그 차는 그 시각이 되면 그곳으로 와서 나에게 열렸다. 그 차는 정오에 왔다가 1시면 돌아갔다. 그 차는 시끄러운 차가 아니었다. 그 차는 이미 정지한 상태처럼 보였고, 그 상태로 보이기를 선호했다. 그 상태로 보이는 것을 선호하는 그 차는 그저 평범한 중산층의 회색 차였을 뿐이지만, 그 공원을 자주 방문한 나머지 그 이념과 그 이념에 가려져 잘 자라지 못한 그러나 평범해 보이는 그 공원의 풍경과 결합하고 만다.

① 그 풍경과의 결합이 그 풍경과의 경합과 닿아 있었던 건 분명한 사실이다.

② 그 풍경과의 결합이 그 도시와의 결합과 닿아 있었던 것도 사실이다.

② 그 도시가 그 도시의 이념과 경합하고 있었던 건 분명한 사실이다.

② 그 도시가 그 도시의 이념과 경합하고 있는 게 아니라 그 도시는 도시대로 그 도시의 이념은 이념대로 각자 엇박자로 움직이고 있었던 것도 사실이다. 그러나 ②가 드러난다고 해서 또 다른 ②가 가려지거나 ②가 사라지거나 하지는 않았을 텐데도 그 풍경은 그중의 하나는 놓쳤고, 그 놓침은 의도적이었다. 나는

모르고 있었다.

③ 더 나아가 그 커브를 돌면, 맥도날드와 10층짜리 상가 건물이 있는 오거리가 나오고, 그 오거리에서 빠져나가면, 중형 병원이 나오고, 중형 병원이 있는 거리를 빠져나가면, 톨게이트가

나오는 것도 사실이다. 톨게이트는 그 공원과 아주 멀지 않았으며, 그 공원을 잠식한 이념과도 아주 멀지 않았던 것이다.

③ 상공회의소와 지역 방송국과 국기 게양대가 아주 멀

지 않았던 것도 사실이다. 그 커브는 아주 부드럽게 이어져 그 파노라마를 구성한다. 그 파노라마를 구상한다.

파노라마

그러나 이 모든 것이 가려져 있었으며, 아주 잠잠하였다. 아주 잠잠한 소도시의 공원을 형성하고 있었다.

그

것은 막과도 같았다. 일종의 막과도 같은 풍경 아래로 그 차가 지나가고, 그 차가 로터리를 지나가고, 부드럽게 흔들리며 게이트를 빠져나가면, 그제야 나의 환영과 의례가 끝나리라는 생각이 들던 한때였다. 그러나 아직은 그 생각이

내 것으로 여물지 않았고, 그 이념으로만 존재하고 있을 따름이어서 그 공원에 머물러야 했던 것이다. 난 이제 ① 자, 눈을 뜨고, ② 도시락 뚜껑을 닫고, 둘 중 ③ 무엇이 먼저였는지 모르는 채로 신발을 구겨 신고 그 공원의 중앙에 위치한 도서관으로 간다.

②

그 도서관에서 고개를 들면 아주 커다랗고 둥근 콘크리트 구조물이 보였는데, 멀리 있어도 가까워 보였으며, 가까이 있어도 멀게 느껴졌다. 그 일부만 보아도 마음이 편안했다.

그 일부가 곡선이라는 사실은 아주 나중에 알게 되었다.

그 언덕

①과 ②는 동일한 아파트 단지 내의 건물이었으나, 동일한 건물은 당연히 아니었다.

①로 가기 위해서 혹은 ①에서 ②로 가기 위해서는 반드시 그 언덕을 지나야 했다.

그 언덕을 지나는 것만이 유일한 방법은 아니었지만 어린이는 전부 그 언덕을 통과하여 ①로 가거나 ②로 갔으며, 집으로 돌아가는 건 그 언덕에 달려 있었다. 그 언덕을 ③이라고 부른다면, ③을 뒤안길, 지름길 또는 비공식 경로로 바꿔 부를 수도 있을 것이었다.

③을 무엇이라 부르든 나와 너는 서로에게 가기 위해서 ③만을 오갔다.

그 길이 아닌 길을 통해서 너를 보러 갔던 기억은 없다.

너의 집에 놀러 갔던 기억은 있지만 너의 집에 들어섰던 기억은 없다.

너의 집은 너의 집이 있는 ①의 입구에서 이미 시작하고 이미 끝나고 말았다. ①의 입구를 이루는 유리문과 철제 손잡이, 흰색 페인트로 칠해진 처마, 처마 한가운데 검은색 페인트로 적힌 동(棟)의 숫자……가 그 자체로 너의 집인 양, 그 시절의 전부인 양 생생하다.

뒷면은 없다. 그것(이 무엇이든 그것)은 거기서 끝난다.

(너도 알겠지만) 우리는 이미
도착한 것이나 다름없었던 것이다.

비밀 드라이브

"미국 서부 상점의 겉치레 앞면(false fronts)도 마찬가지다. 상점의 중요성을 알리고 거리의 격과 동일성을 높이기 위해 상점 안쪽보다 앞면을 더 크고 높게 만드는 것이다." "도시 풍경을 지배하고 상징적 메시지를 커뮤니케이션 하기 위해 안쪽보다는 바깥쪽이 더 크고 높게끔 만들어졌다."

남몰래 드라이브를 하듯이. "서부 고속도로 변의 사막 도시에서"* 드라이브를 하듯이 (사막도 도시도 커뮤니케이션도 모르던 시절이었지만) 나는 ③이라는 작은 언덕을 타고 내려가 환하게 빛나는 ①의 입구를 본다. ①의 입구로

미끄러진다.

어른들

물론 ①로 가는 공식 루트 ④가 없는 건 아니었다. 나는 ①에서 ②로 가거나 ②에서 ①로 가는 데 사용되는 ④가 존재한다는 걸 알고 있었지만, (그리고 나의 엄마나 너의 엄마나 다른 어른들이 당연하다는 듯이 ④를 사용한다는 걸 알고 있었지만) ④를 사용하여 ①에 간 적은 단 한 번도 없었다.

설령 그런 적이 있다고 해도 그건 너를 보러 간 길이 아니라 심부름을 하러 간 길이었을 것이다. 너는 (이후로 내가 만나게 될 무수히 많은 너같이) ③이라는 특정한 좁은 길을 통과해야만 만날 수 있는 친구였다.

어머니에게

그러니 너에게로 가는 유일한 통로는 ③이고, ④는, ①은, ②는, 그 모든 ①과 ②와 ③의 어지러운 조합──①②③, ①③② 또는 ②③① 등──으로부터 빠져나가는 문이었을 따름입니다, ④는 실제로는 문이 아니라 경로지만

④가 문이기도 했고, 여전히 문이기도 하다는 사실은 변함이 없습니다.

나는 그렇게 생각합니다. 문이라는 게 따로 있는 게 아니라고, 돌이키거나 반대로 돌리거나 그 반대로 돌리거나 할 수 없는 방식으로 서 있는 모든 단어의 정렬이나 번호 매김이 유년의 길을 만든다고 말입니다. 그리고 그 길 끝에 있는 숫자가 이번에는 문이 되겠지요.

당신은, 그 언덕이 언덕이라고 부르기에는 너무 작다고 말할 것입니다. 반전이라고 부를 법한 걸 기대하기에는 터무니없이 얕다고, 얕다 못해 평지에 가깝다고 말할 것입니다. 그러나 그것은 ①로 가는 길이자 ②로 가는 길이며, 늘 ①로 가는 정경만을 보여준다고 해도 바로 그 고집스러운 성정으로 인하여 뒤에 두고 온 집 ②를 상기시키고야 마는 높낮이 자체입니다.

나는 그 작은 언덕 ③을 내려가는 어린 나와 나의 친구의 어깨가 (이유를 알 수 없는 자긍심으로) 부드럽게 솟아 있는 걸 볼 수 있습니다. 그것은 그들이 그들의 비밀 통로가 "도둑맞은 편지"**와 다름없이 드러나 있다는 사실로부터 은밀한 기쁨을 느끼기 때문입니다.

그 편지는 짧네요. 그 편지는 완만하네요. 그 편지는 웅
달에 있네요. 그 편지는 ①과 ②와 ④와 어쩌면 ⑤와 ⑥과
⑦과 ⑩과 가깝습니다. 그 편지는 비를 맞네요. 그 편지는
너무나도 드러나 있어서 어머니가 눈치채지 못하셨네요.
너의 어머니도요. 끝끝내 우리가 해낸 것입니다.

* 로버트 벤투리 외, 『라스베이거스의 교훈』, 이상원 옮김, 청하, 2017.
** 에드거 앨런 포.

그 야심

그 야심은 멀리 가지 못했다. 그것은 실내를 떠돌아다니다가 거실 겸 침실로 쓰던 방에 안착했다. 그곳에는 폭이 50센티미터는 되는 컴퓨터 모니터가 있었고, 친척 아저씨가 만들어 준 맞춤형 책상이 있었다. 그

뒤편으로 책장이 있었는데 맞춤은 아니었으며, 청소년용 『죄와 벌』이 있었다. 『죄와 벌』에는 적당한 크기로 인쇄된 청소년용 본문 활자가 있었는데, 주인공이 노파를 죽일 때

도 있었다. 전당포도 있었다. 옆에는 『인어 공주』가 있었다. 그 야심은 책들 어디에도 없었고, 바닥에도 없었고, 창밖에도 없었다. 창밖은 12층이었고, 머리를 내밀면 어지러웠다.

그 야심은 그곳이 서울이 아니라는 사실을 알고 있었다. 서울이라는 곳이 존재한다는 사실을 알고 있었는지는 확신할 수 없다. 잘 모르겠다. 그 야심은 이미 미국 어느 주(州)에 가 있었을지도 모른다.

어쨌거나 그 야심은 내 것이 아니었다. 그러나 그 야심은 어느 날에는 작은 방으로 쓰기 좋았고, 어느 날에는 피아노 방으로 쓰기 좋았고, 어느 날에는 숨기 좋았다. 어느 날에는

(프란츠 카프카의 「변신」

을 읽기 전이었지만) 그 야심 덕분에 변신이 일어났다는 사실을 깨달았다. 변신은 앞뒤가 다른 무늬로

화려하게 수놓아진 두꺼운 겨울 이불의

어느 지점에서부터 일어나고 있었다. 어느 지점에서부터 펼쳐지고 있었다. 나는 서둘러 그것으로 가서 그것을 덮었다.

그것은 내 몸의 외피인 양 두툼하고, 그것은 내 앞으로의 희망인 양

따뜻하고, 그것은 내 마음의 고향인 양

(진작 빛바래었는데도) 다채롭고 선명했다…… 어쩌면 프란츠 카프카가 아니라 기울어진 *마르셀 프루스트*는 *아니었을까?* 나는 두꺼운 내복을 입은 채로 서 있었다.

이불을 한 손으로 움켜쥔 채로 서 있었다. 이불의 끝과 끝을 한 손으로 움켜쥔 채로

서

있었다.

(화장실에 갈 생각이었다.)

마침 아침 준비를 마치신 어머니가 다가와 손에서 이불을 *빼내시고.* 이불은 떨어진다.

나는 눈물을 닦고, 눈물을 닦으면서 눈물이 난다는

사실을 깨닫는다. (이런 식이었다.) 그 야심은 멀리 갔지만, 멀리 가지 못한 지 오래였으며, 꿈이나 꿈을 감싼 연약한 외피―이 또한 꿈이다―와는 전혀 다른 종류의 것이었다. 예컨대,

지금 이 두꺼운 이불처럼 굼뜨고 제자리

인 것. 무거워서 실감이 나는 것. 실감이 나다 못해 보는 이를 숨 막히게 하는 것. 그러나 원한다면, 어머니 당신의 한 손으로도 치울 수 있는 것. 한 손으로도 놓을 수 있는 것이었다……

당신은 당신의 거울을 보세요. 당신의 머리 싸맨 모습도 이렇게는 안 되어요. 나는 이렇게 말하고 싶었다.

그 턱

그 턱은 특별하지 않았다. 특별하다고 해도 특별하게 생각한 적은 없었다 눈여겨본 적은 있지만 그것이 특별하다고 생각해서는 아니었고, 그것을

그가 신경 썼기 때문이다. (손을 대고 있다.) 그는 지금과 똑같은 머리 스타일을 하고 있지만 조금 달라 보인다. 조금 달라 보이는 이유는 젊어서가 아니라 턱을 신경 쓰고 있기 때문일 것이다. 턱은

아무것도 아니다. 적어도 내게는 그렇다. 그는 그이고, 그의 턱이 그를 다른 사람으로 만들지는 않는다. 그러나 그는 거울 앞에서 움직이지 않는다. 거울은 붙박이였다가, 붙박이가 아닌 것으로

변한다. 변하는 것은 거울이 아니라 그이거나 나일 수도 있지만 그 거울일 수도 있다. 그러니 거울은 변한다. 그것은 붙박이로, 지금 내가 앉아 있는 의자에서 보이는 욕실의 그것과 유사한 것이다.

욕실에 늘 있는 종류의 것이다. 세면대,

세면대 위쪽, 거기 당신의 집에 있는 것과 유사한 것이다. 한번은 내가 그 거울을 연 적이 있다. 거울은 열리는 종류의 것이었다. 열리기도 하고, 닫히기도 하

고(그는 여전히 거울 앞에서 떠나지 못하고 있다. 손을 대고 있다),

굴러가는 종류의 것이기도 했다. 굴러가는 소리가 들렸는데 아래를 보니 열리고 닫히기 위하여 바퀴를 숨기고 있었다. '레일'을 따라서 작은 바퀴를 숨기고 있었고, 그것이 돌아가면서 거울이

문이 되거나 문이 되지 않는 것이었다.

그것 말고는 핸디형이 있었는데, 손으로 들고 사용하는 종류라는 뜻이다. 그러나 당시에 나는 '핸디형'이라는 단어를 몰랐다. 모르면서도 그것을 사용하는 방법을 알았다. 그저

그가 두 손으로 그 턱을 만질 수 있도록

내가 그 핸디형의 손잡이를 붙들고 서 있으면 되었던 것이다.

그는 그의 한 손을 뻗어서 내 손을 감싼 뒤 조금 더 위로 혹은 좌로, 우로, 그것을 움직이게도 했지만 입을 달싹여 움직임을

지시하기도 했다. 나는 후자가 어렵지만 좋았는데

잘하지는 못했다.

나는 부드럽지 못한 편이었다. 몇 밀리미터 차이로도

그가 그의 턱을 볼 수 없을
  것이었다. 그래도 그는 나
를 세웠고, 나를 움직이거
나 움직이게 만들거나 했다.
그런 날이면
  커튼 너머로 들어오는 빛
은 유달리 차갑거나 따뜻하
거나 둘 중 하나였다. 그러
나 나는 그 차가움이나 그
따뜻함을 보지 않고 등지고
  있어야 했다. 그가 그의
부드럽고 젊은 턱을
  빛에 비추어
  잘
  만져볼 수 있도록

  그가 욕실로 들어가버리
는 날이면 한참이고 그 침
대 위에 누워서 커튼이 흔

들리는 것을 구경하고 있어
야만 했는데
  그 거울은 손잡이나 손잡
이를 잡아주는 어린 사람이
없이도 서 있을 수 있는 것
이었기
  때문이다.

  가끔씩 바퀴 구르는 소리
가 도르르도르르 들렸는데
나는 그것이 어디서 나는
소리인지 그에게 (그가 젊은
동안에) 알려주고 싶었다.

그 벽장

그 벽장은 가로 길이가 집보다 더 길었으며, 때때로 꿈 속에선 누군가— 집배원이나 보험 판매원— 가 그곳으로 그곳으로 들어오기도 했다.

나는

출입에 대한 상상— 나의 것이든 너의 것이든 그의 것 이든 커다란 그것— 을 막기 위해 그 벽장을 벽의 반대편 으로 집어넣는다. 그 벽은

이제 (창문에 동화라도 된 양 창문처럼) 바깥을 바라보고 있고, 그 벽장도 마찬가지다. 알다시피 그 벽장은 원래부 터 바깥을 바라보고 있었지만, 이제는 정말 안이 되었다. 정말 안에서부터 안이 되었다. 너를 기다리는 것으로는 ③ 창문이나 다를 바 없는 것이 되었다.

그 벽장

그것은 안에서부터 열리는 진정한 벽장이 되었다. 밖으로나 안으로나 사방으로 열리는

옷장은 도저히 감당할 수 없었던 게 분명하다. 나는 서명을 하고, 그것을 닫아서 온전한 옥색 벽장으로 둔다. (슬프지만) 그 옆엔 눈에 띄지 않는 색상의 평범한 스탠드형 옷걸이가 있다. 거기 옷이 걸려 있고, 그 옷 중 하나를 벗겨서 내가 입는다. 내가 입고 나간다.

너를 만나러 간다. 너는 그와 겹쳐질 것이었다.

그 욕조

그 욕조는 살구색이었다 욕조 옆에 설치되어 있는 세면
대도 살구색이었고 세면대에 붙어 있는 변기도 살구색
　이었다. 살구색은 내가 좋아하는 색이 되었지만
　그때는 아니다. 그 욕조에서 나는 작은 장난감을 띄워
둔 채로 목욕을 했을 것이다. 반신욕을 하기 위해 고무 덮
개를 사용했을 것이다. 고무 덮개 위에 책이나 연필, 컵을
올려두기도 했을 것이다.
　살구색으로 무언가를 해야 하는가? 아니, 아니다. 나는
살구색 욕조에 물을 가득 채우면 물이 살구색으로 보인다
는 사실 외에는 아무것도 말하고 싶지 않다. 아무것도 말
하고 싶지 않은 상태는 그것은 분홍색과도 닮았다.

그 사실

그 사실에 감사한다. 그 감사는 그가 무엇을 했다는 사실에 대한 감사가 아니라 사실에 대한 감사다. 사실에 대한 감사는 그 사실일 수밖에 없지만 실은 그 사실일 수는 없는데 그 사실은 당신도 알고 나도 알고 있을 것이다. 알고 있다. 나는 무엇을 감사하기보다

사실에 감사하고 싶다. 사실이 무엇에 해당한다면, 그땐 무엇에 감사하고, 사실에 감사하며, 그 사실에도 감사하고 싶다.

그 기원

그 기원은 만지기 좋은 편이었고, 잘 정리되어 있었으며,
⑦과 같은 뾰족한 것으로 긁으면
금세
부드럽게 떨어져 나왔다. ⑦은 열쇠였고, 열쇠는 맞았
다. 맞은편에는 ⑧이 있었는데 열고 닫을 수 있었다. ⑧은
그러나 이미 열려 있었으며, 손을 댈 필요가 없었다. (바
람이 시원하게 불어왔다.) 그것은 그 아파트의 기원, 더 나
아가 그 아파트에서의 삶의 기원이라고 해도 과언이 아닐
정도였다.

그 정도로 열려 있었다.

그러나 내가 하고 싶었던 건 소꿉장난일 뿐이었다. 계
단참에 돗자리를 깔고 그 위에서 컵과 각종 도구를 가지
고 놀고 싶었다. 그러다 승강기 문이 열리면 부끄러워 돗
자리나 옷가지로 얼굴을 가리고 싶었다…… 옷가지가 있
다면 말이다. 그게 전부였다. 그러나 나는 ⑦을 붙들고 있
었고, ⑦의 부스러기도 붙들고 있었다. (결국에는 둘 다인
걸까?) 손이 없었다. 그러나 지금이라도 승강기 문이 열리

면 나는 그에게 달려갈 것이었다. 달려가면서 재빨리 그
것들을 어두운 옷 주머니에 쑤셔 넣을 것이었다. 옷 주머
니가 뜯어지는 한이 있더라도 말이다.

두 손으로 그를 안을 수 있도록 말이다.

그 아파트

   그 아파트는 흰색이고, 계단이 있다. 계단을 오르면 문이 여러 개 있으며 문이 쉽게 열리는 경우는 거의 없다. 문은 (아주 예외적인 경우를 제외하고는) 한 가지 색이다. 통로는 한두 가지 색이다. 통로의 옆으로 난 작은 공간도 한두 가지 색이다.

   소화전은 빨간색이다. 빨간색만 아니었다면…… 한 가지 색이나 두 가지 색으로 이루어진 아파트 벽면의 조합은 눈에 잘 띄지 않았을 것이다.
   걸어가는 나는 여러 색이다.

   색이 달라지는 경우는 거의 없다. 거의 없다. 나는 그것이 어떤 의미인지 이해해나가는 중이다. 그 아파트에서. 그 아파트의 통로에서.
   밖으로.
   그

   나이에.

아파트는 흰색이고, 흰색 계단이 있으며, 봉고 차보다 크고, 화물 트럭보다 크다. 심지어 그 파란 트럭보다 크다. 은행나무보다 크고, 떡갈나무보다 크다. 전나무보다, 소나무보다, 플라타너스보다 크다.

어쩐지…… 이 모든 크기의 소동은 난잡하다. 난잡한 장난 같다.

난 거기서 나온다. 거기서 나와서

그 파란 트럭으로 간다. 그 파란 트럭의 계단을 오르면 책이 여러 권 꽂혀 있으며 책은 새것인 경우가 거의 없다. 책은 작다. 이것이나

저것보다 작지만, 그것을 가방에 넣는 내

손보다는 크다.

(책을 고르고 책을 빌리는) 내

손은 어쩐지 너무 적당해서 장난
같다.

곧 어느 틈에든 끼일 것 같다.

그 트럭

그 트럭은 파란색이고, 계단이 있다. 계단을 오르면 책이 여러 권 꽂혀 있으며 책은 새것인 경우가 거의 없다. 책은 여러 가지 색이다.

그 트럭은 파란색이고, 파란색 계단이 있으며, 봉고 차보다 크고, 화물 트럭보다 작다.

가방은 작거나 작을 수밖에 없다. 등에 메거나 손으로 들 수 있는데 손으로 들 수 있는 것은 이미 하나가 있어서 손으로 들 수 있는 것이 하나가 더 있다면, 그가 들어주거나 했을 것이다. 등에 메는 가방이라면 그것도 그가 대신 들어주거나 메주거나

했을 수도 있지만 그러지 않았을 수도 있다. 그것이 그의 가방이라면, 가방은 작을 수도 있지만 작지 않을 수도 있다. 내 얼굴보다, 내 얼굴을 두 개 합친 것보다 더 클 수도 있다. 그는 그거나 그가 아니었을 것이다. 그가 바쁘면 그가 아닌 사

람이 나와 함께 그 트럭으로 가서 그 주에 읽을 책을 빌렸을 것이다. 그와 함께였던 적만 있는 것 같아도

그가 아닌 사람(나중에 '너'가 될 거라고 여긴 사람)과 함께였던 적이 있었을지도 모른다. 셀 수 없이 자주 함께였을지도 모른다. 자주 그가 아닌 사람(나중에 '너'가 될 거라고 여긴 사람)과 나들이했을지도 모른다. 책에 대해 이야기했을지도 모른다.

그 책

그 책은 낡았고, 옷의 봉제선을 따라서 실이 뜯어진 것만 같은 느낌을 주었다. 느낌을 주었지만 실제로

그 책의 겉면이나 등이 터져 있었던 건

아니었을 것이다. 그래도 그것은 낡았으며, 때때로 뜯어진 주머니 안감이라도 되는 양 정말로 등이 터져 있기도 했다. (작았다.) 그 책은 집에 있는 책이 아니었고, 집에 있는 책과는 달랐다. 집은 넓지는 않았지만 아늑했고, 거기에 그가 있었다. 그는 '너'로 보이는데 그것도 잠시일 뿐이며, 그가 있었다.

그는 책을 읽고 있었다. 늘은 아니어도

그랬다.

그 도로

그 도로는 그 공장단지 옆에 있었다. 그 공장단지 옆에는 교회로 가는 길이 있었다. 그 도로는 교회로 가는 길이 된다는 것이 어떤 것인지 가르쳐주었다.

그것은 그 자신의 성질(색, 포장 여부, 포장 컨디션 등)을 변화시키지는 않았지만 그 자신의 성질을 제외한 모든 것을 변화시켰다.

그랬나?

나는 그 교회 앞 부지가 텅 비어 있던 것과 잡초로 무성하던 것은 기억하는데, 그 너머로 큰 강이 흐르고 있었다는 것은 기억할 수 없다.

그러나 지도에 따르면 그곳에는 강이 있었다. 그것도 매우 커서 한번 보면 잊어버리기 힘든 넓디넓은 강이. 그러나 그것은 그 자신의 성질(색이고, 너비고, 유속이고, 냄새고…… 그 성질에 속한 모든 것)을 지운 것처럼 흐르고 있었다.

거기로 그 도로가 다가온 것이었다. (물론 그 도로가 끝나는 지점이 거기는 아니며 더 깊숙한 곳이었지만.) 그 도로는 거기서 그 교회를 만난다. 그 교회로 가는 길이 된다는 건 그런 의미였다. 믿음을 가진다는 건 그런 의미였다.

그런 의미란 무엇일까? 나는 교회 버스에서 내리며 늘 그런 질문을 했다. 했을 것이다. 그런 질문을 하느라 많은 것을 보지 못했을 것이다.

보지 못하는 것.

그것이 은총이었을까?

나는 그것— 질문만은 아닌 것—을 공장 부지 옆에서부터 (이렇게 말할 수 있다면 손으로 손잡이를 돌려가면서) 만지고 있었다. 만지고 있었던 게 틀림없었다. 그 도로가 늘 거기서부터 시작되기 때문이었다.

그 외곽

① 열기

그 외곽에는 기차가 있었다. 외곽이 아니어도 기차는 있지만, 그 외곽에는 기차만 있었다. 기차가 아니라면 그 외곽에 가지 못할 것이었다. 그러나 나는 그곳에 그 차를 타고 간다.

그래도 되는 걸까?

그 차는 어머니 차이고, 어머니 차는 아버지 차이고, 아버지 차는 오래된 것으로, 문을 수동으로 잠가야 한다. 옛날 차종으로, 지금은 찾아볼 수 없다. 나는 그 차를 머리로만 기억하고, 부분으로만 기억한다. 그 부분으로
더듬어 가
거기에 손으로 돌리는 손잡이가 있어 그것을 붙들고, 왼쪽으로나 오른쪽으로 돌리면, 어떤 것이 움직이고 그 어떤 것이 차를 다른 것으로 만든다. 완전히 닫힌 것이 아니라 조금 닫힌 것 혹은 조금 닫히지 않은 것으로. 나는 그 상태를 좋아하는데,
그것은 (나를 위하여) 그것을 그것으로 둔 채로 다가온

다. 반쯤은 열린 것, 반쯤은 닫힌 것으로서 다가온다.

반쯤은 밖이지만 반쯤은 밖이 아닐 수도 있는 것으로서

② 열기

그것은, 그 외곽은 그 외곽과 만나고, 그 외곽은 커지지 않지만 그 외곽이 그 외곽과 연결되는 기억은 커진다. 그 외곽은 끝나도 그 외곽에 대한 기억은 끝나지 않는다.

그러나 그 외곽은 (그 외곽의 기억으로부터) 자유롭고, 그 외곽은 그 도시로도 이어지지만 그 도시가 아닌 도시 (의 기억으)로부터도 자유롭다. 그것— 앞서간 모든 것— 이 그 외곽을 자유롭게 하고, 그 외곽을 밭으로 만드는 것은 아닐까?

나는 갑자기 눈을 뜨고, 사과나무를 본다. 사과나무의 꽃은 잘 보이지 않는다. (빠르게 달리고 있기 때문이다.) 그것은 잘 보이지 않는 것처럼의 방식으로만 보인다. 잘 보이지 않는 것처럼의 방식으로만 보이는 것은 가까이 가면 전혀 다른 모습일 것이었다. 꽃일 것이었다.

② **열기**

나는 그것을 완전히 연다. (완전히 열 수만 있다면) 완전
히 여는 방법은 간단하다. 그것을 붙들고, 왼쪽으로나 오
른쪽으로 여러 바퀴 돌린다. 돌리면, 어떤 것은 반드시 움
직이고, 어떤 것은 반드시 움직이지 않는다. (사과나무 꽃
이 있는) 풍경이 된다.

그 풍경은 길고, 안정적이다.

③ **열기**

그 외곽의 그 기차역은 작고 오래된 나머지. 박물관이
나 기념관에 가깝다.

그 공장단지

④ 나와 ⑤ 나의 동생은 그 공장단지의 개방적인 측면을 본다. 그 측면은 (나와 나의 동생이 움직여야만) 움직이는 것이었다. 움직이면 움직일수록 선명해지는 것이었다. 칠한 지 오래된 푸른색 페인트든 새로 덧칠한 검은색 페인트든 그 무엇이든 상관없이. 그것은 그것으로 보였다. 그것은 그것으로 보이는 것처럼 보였다. 열 바퀴든 스무 바퀴든 돌면서. 그 도시가 알려주지 않았지만 그 도시가 알려주지 않은 것도 아닌 그 공장단지의 개방적인 측면으로, 측면으로.

① 버스와 ② 소나타와 ③ 택시가 달리고, ④도 달리고, ⑤도 달린다. 강도 달린다. 다리(橋梁)도 달린다. ①과 함께 달리고, ②와 함께 달리고— ②는 우리 아버지의 것이었다, ③과 함께 달리고— 장염에 걸려서 병원에 가는 길이었다, ④와 함께 달리고— 너라면 그랬겠지, ⑤와 함께 달린다— 너라면 그랬을 것이다. 너라면 나와 나의 동생의 손을 잡고 완충작용을 하는 주황색 스펀지로 내달릴 것이었다.

그 공원

그 공원의 입구는 어디에도 없다. ① 주물 종(鐘)과 ① 을 둘러싸고 있는 ② 철제 울타리, 바라보며 손짓하고 있는 ③은 나. ③은 나에게서 멀지만 가깝다. 나는 내가 ③이지만 ③이 아니라는 걸 그 장면으로부터 알 수 있다. "펠릭스의 갈색 잠옷을 걸친 아버지는 전체적으로 두 사람이 완전하게 뒤섞인 모습"이었다는 카프카의 『꿈』(배수아 옮김, 워크룸 프레스, 2014) 텍스트에 등장하는 "아버지"처럼 나는 "두 사람이 완전하게 뒤섞인 모습"인데 다만 (나의 텍스트가) 그 텍스트와 다른 점은 그 완전하게 뒤섞인 "두 사람"이 나와 나라는 점이다.

나는 내가 손을 들어
너를 가리키고, 너의 카메라를 통과하여 이곳으로 오려고 한다는 사실을 깨닫는다. 그러나 그것은 불가능할 것이다.
너는 그 사실을 알고, 그 사실을 두려워하지 않는다.

그 공원에는 ①도, ②도, 심지어는 ③도 없지만 나는 때때로 그곳으로 돌아가 인라인스케이트장과 배드민턴장이

나란히 있는 너른 부지에 그 통로를 내고, 그 통로가 어디를 통과하든 아랑곳하지 않고, 바퀴가 달린 신발을 신은 채 ①과 ②를 찾으러 다닌다.

등이 아리고, 아프다. 공원을 뚫고 지나가는 비밀 통로 천장에 허리가 닿을 수도 있다는 상상으로 인해 내가 지나치게 긴장하고 있기 때문일 것이다. 그 상상으로 인해 그 통로가 무너질 수도 있다는 착각 때문일 것이다. (상상으로 만든 통로가 무너진다면 그것은 상상에서 기인한 것일 뿐일 것이다. 그럼에도) 그 상상은 동생인 너에게도 전해진다. 너에게 나는 환상이다. 너는 나라는 환상을 따라오려고 애쓰다가 결국에는 포기한다. 나는 나의 환상이기 때문이고, 나의 환상으로 들어서는 길은 정해져 있지 않기 때문이다.

마침내 고개를 들고, ⑥ 강을 볼 때,
강은 강이기 때문에 아름답다.

⑥이 그 공원의 곁에서 흐르는 걸 본다.
⑥이 ⑦ 철교의 곁에서 흐르는 걸 본다. ⑦을 이루는 상부구조와 하부구조를 본다. 상부구조와 하부구조는 하나

의 ⑦을 이루고, ⑦로 녹아들고자 하지 그것에서 분리된 별개가 되고자 하지 않는다. 그러나 공원은 ⑦과 멀리 떨어져 있다. ⑦을 보는 일은 그 공원을 떠올리는 일과는 큰 관련이 없다. 그럼에도 ⑦은 그 공원을 떠올리게 한다. 그 공원이 ⑥의 옆에 있고, ⑥은 ⑦의 옆에 있기 때문이다. 옆에. 옆으로. 옆으로는.

⑦은 ⑥의 위로 지나간다. ⑥은 여전히 강이다. 큰 강. 나는 일요일이면, 그것을 지나가고 있다는 사실을 거의 의식하지 못한 채로 지나갔다. 대형 버스를 타고 지나갔다. 교회로 가는 길이었다.

떼를 지어 날아가는 ④는 ①과 ②의 반대편에 위치한 ⑤ 공공시설 건물─아마도 박물관이었을 텐데─의 너머로. 날아간다. 그것은 여러 층위에서 환상적이다. 너도 여러 층위에서 환상적인 환상 중의 하나일 수도 있겠지. 있었겠지.

그러나 사진이 남아 있고, 그것은 내가 찍은 것이 아니다. 거기서 나는 너를 향해, 혹은 사진에서는 보이지 않는

⑤를 향해 손짓하고 있다. ④는 네 눈에는 보이지 않았고, 네가 카메라에서 눈을 뗐을 때, 검은 ④는 날아가 사라지고 난 뒤였다.

그것은 통로를 통해서도 아니었다. 통로를 통해서도 아니면서 통로라는 것의 겉모습을 대략적으로나마 갖춘 것이 속에서 치밀고 올라와 그곳 공원에서 너와 손을 잡고 공기를 가르며 ⑥을, ⑤를, ④를, 어쩌면 ⑦을 배경으로 흔들리는 여러 그루의 포플러를 향해 내달리는 내 뒤에서 한껏 환상을 부풀렸다. 그랬다. 나는 환상이라는 것이 내 안에서 흘러나오는 것인 줄 알았지만 그것은 그런 척을 하면서, 그런 척을 하면서 여전히 거기 그것으로서 남아 있는, 그것으로서 남아 있고자 하는, 나의 뒤에서 달려드는 모든 것이었다. 돌아보면 사라지겠지만 그것은 자꾸만 앞으로 앞으로 밀어닥치며 눈앞을 기억으로 가득하게 만드는 것이었다.

나는 말한다. 그 공원의 입구는 어디에도 없지만, ③은 언제나 그곳에 있으며, ③은 나. 나는 당신에게 이 일대를 보여주어 기쁘다. 나는 ①과 ②와 ③을 포함한 수많은 항목 중에서 무엇이 진실이고 무엇이 진실이 아닌지는 알지 못한다. 알지 못하지만…… 당신에게 보이기 위해서는 그것들과 내가 일종의 대열(隊列)을 이루어야 한다는 사실만큼은 알고 있었다.

그 푸른 것

나는 그 다리를 지나며 그 도시를 본다. 그 도시의 온화한 기후와 그 온화한 기후의 영향을 받아 자라나는 푸른 초목을 바라본다.

(그것을 기후나 초목이라 부르면 된다는 것은 나중에 알게 되었지만) 나는 모르는 것을 부르지 않고. 푸른 것을 푸른 것이라 부르고 푸른 것이 모인 것을 푸른 것이 모인 것이라고만 부른다. 그 푸른 것은 그 푸른 것과 다르지 않고. 푸른 것과 같지도 않다. 나는 셈을 정확히 하는 방법을 그 푸른 것을 통해서 배운다. 그 푸른 것을 차(車)로 통과하는 방법을 배운다.

그 드라이브

우리는 우리가 우리의 반영이라는 것을, ② 그것의 반영
이라는 것을, ③ 그것의 반영으로서 그것의 밖으로 밀려나
고 있다는 것을 깨닫는다. 그것의 밖으로는 그러나 눈에
보이는 밖으로는 아니어서 내 눈 속에 있다. 내 눈 속에 있
는 그것은 (그러나) 다 드러나고 있었다. 다 드러난 채로
그 도시의 일부가 되고 있었다.

3

그 요술

그 요술은 굴다리 옆에 달려 있었다. 굴다리는 공사 중이었다. 굴다리는 시골이 아니라 소도시가 아니라 대도시에 있는 것이었지만 그 굴다리만 지나가면 그 요술이 나타나 사람들을 현혹했다.

너를 그리워하게 만들었다.

그러나 나는 그 요술을 볼 수 있었다. 그 요술을 볼 수 있다는 건 그 요술에 걸려들지 않는다는 뜻이었다. 내가 그것을 보기 시작한 건 (그런데) 너를 보기 시작한 이후부터였다. 너를 볼 수 있게 된 이후로 나는 요술도 볼 수 있게 되었고, 요술이 아무런 작용도 하지 못한다는 너의 말도 조금은 이해할 수 있게 되었다. 가끔은 비가 내렸는데 그것은 "이끼를 위한 것이어서 촉촉하고 생생했다. 생생한 건 그것밖에는 없는 것 같았다".

시작은 이와 같았다.

무엇을 봤는지에 대해서는 의견이 분분했다.

너를 그리워하게 된다는 사실에는 모두가 동의했지만 그것이 모두가 동의할 수 있는 내용의 전부였다. 네가 그 요술의 어느 시점에 등장하는지 누구도 정확히 말할 수 없었다. 그 요술이 무엇이고 무엇이었으며 무엇이 될 것인지에 대해서도 말할 수 없었다.

나는 그러나 그 요술이 내내 지속된다는 의견에 대해서는 동의하지 않았다. 그것은 잠시일 뿐이며, 눈을 돌리면 그토록 반짝이는 순간도 순간일 뿐이었다.

나는 그것을 배웠다. 삼정모밀과 빠작돈가스와 싱싱포차와 우리탁구클럽과 아직도 그 사이에 버젓이 존재하고 있는 구멍가게(이름 없음)와 구멍가게 맞은편의 연립주택과 연립주택의

잘 다듬어진

그러나 아무래도 싱겁고 마른 몇몇 정원수와 철마다 피는 화단의 원색적인 꽃,을 보면서 배웠다. 그것이 아무것도 아니었음을. 아무것도 아니었음에도 전부였음을. 도시에 무엇이 있는지를 자세히 살피다 보면 도시가 여전히

존재하고 있다는 사실에 깜짝 놀라게 되듯이.

계속

난 그것으로 고개를 돌리고 말았다. 그것은 그 요술이 일어나는 굴다리로 가는 길이긴 했지만 너무 먼 길이었다. 계속 가기 위해서.

난 거기서도 숨을 돌리지 않았으며 그 요술에서도 숨을 돌리지 않았지만(쉬지 않는 편이다) 자세히 살펴보기는 했다.

그것은 뭐라 이름 붙일 수 없는 종류의 성장이었다. "관처럼 좁고 길어서, 누구도 혼자 힘으로는 거기서 나갈 수 없"*는 종류의 것이었다.

① 낮고 작은 것과 ② 높고 긴 것과 ③ 입구가 입처럼 어두운 것까지.

나는 그것을 참으로 자주 보았다. 그것은 꼭 대도시에만 있는 건 아니었고, 대도시를 흉내 낸 작은 도시에도 있었다. 작은 도시라고 부르기 민망할 정도로 작은 소읍에

조차 있을 것이었다.

* 토베 디틀레우센, 『어린 시절』, 서제인 옮김, 을유문화사, 2022.

그 해

그 해는 그 침대로 들어온다. 그 해는 그 침대는 부드럽
고 희다. 흰 부분은 더 희어지고, 희지 않은 부분은 더 희
어지지 않는다. 그 부분을 나는 좋아한다. 나는 굴러서 (혹
은 조금만 더 굴러서) 그 불타는 해로 간다.

침대에서 움직여 해로 갈 수 있다는 사실이 기쁘다. 그
사실이 나를 따뜻하게 만들고, 나를 놀라게 만든다. 여태
까지 단 한 번도 그 해로 가는 길에 대해 쓰지 않았다는 사
실이 놀랍다.

그 해로 가는 길은 너무나 단순해서 나의 손을 움직이
게도, 나의 머리를 움직이게도 만들지 못했던 것이다. 그
것은 이와 같다.

그 해

그 해는 이와 같다. 그 해는 그 침대로 들어온다. 그 해는 둥글지도 납작하지도 않으며 오히려 따뜻하다. 공기와 같다. 그 해로 가는 길은 곧지만은 않으며 부드럽고 휘어져 있을까? 아니다. 그렇지 않다. 그 해로 가는 길은 누워 가는 길이다. 어느 날이든 누워서 그 해로 가고자 하면 그 해가 거기 있는 것이다.

나는 거기 있는 해를 온몸으로 받으며 눕는다. 그것은 나에게 주는 선물이다.

그 해

그러나 너는 그 해로부터 떠나간다. 그 해는 그 침대와 같은 몸이 아니다. 그래서였을까? 너는 그 해와 멀어진다. 멀어지는 방향으로 간다. 그저 말이고, 표현일 뿐인 것이 아니라 너는 가방을 싸서 그 해로부터 멀어져가고, 나는 그 해와 여전히 가깝다. 그 해는 어디에 있는가. 우리 사이에, 나와 너의 사이에, 그 침대에 있다. 그 침대는 무엇인가? 그 침대는 그 해가 눕는 곳이며, 그 해가 오는 곳이며, 그 해가 오는 길이다.

그 길에서 너는 왜 떠났을까? 나는 왜 그 길에서 아주 따뜻한 느낌을 받을까? 그 길이 떠나는 길임에도 그렇다. 이불보다도 따뜻하고 희고야 만다.

그 달

　그 달은 저 너머에 있다. 그 달은 내가 아팠을 때도 저 너머 고가도로에 떠 있었고, 고가도로 너머 산 중턱에 걸려 있었다. 그 고가도로 너머에 선 아파트 단지(e편한세상) 사이에서 서성이기도 했다. 정말로? 정말로 그랬니? 나는 그 달에게 물어보진 않았네. 그저 그 달에게 기도를 하였다. 그 달은 물을 마시고 있을 터였다. 그 물이 어디 있는지 알려달라고 기도했다.

　난 그 물을 그 영화에서 보았던 걸 기억해낸다. 그 영화에서 그 물을 마시러 간 달은

　나에게는……

　나에게는 반대를 보여주는 달이 아니었다. 반대편이나 반대편이 꾸고 있는 환상을 보여주는 달이 아니었다. 그것은 이것이며, 이것은 이것이다. 나는 그랬네. 나는 그 달에게 물어보질 않았다. 그것이

　그 달과의 마지막이었다. 그 뒤로 난 나았고, 그 달을 쳐다보는 횟수도, 마음도 줄어들었다. 그 마음이 여기 남아 있지도 않다.

그 달

나는 그러나 그 달과 연결된다. 그 달은 그 영화에서 중요한 역할을 하지는 않는다. 그러나 그 달이 접힌 부분(그영화가 접히기도 한 부분)을 기억한다. 난 그 부분을 따라 걸어간다. 손으로 만져보지그래. 그래. 나는 그렇게 한다. 그 부분이 열리지 않는다. 열리지 않아서 기쁘고, 마음이 메마른다. 메마른 기쁨은 늘 접힌 곳에 있었다. 그 접힌 곳이 각기 다르지만, 그 각기 다른 접힌 곳이 모여서 그곳을 만들고, 그 웅덩이를 만들었구나. 그 웅덩이가 그 달이 간 곳이라면, 내가 행복할까? 그것을 확신할 수는 없었다. 확신할 수는 없어서 너에게 알려주지 못했다. 네가 떠난 이유가 그것 때문인지 아닌지 나는 모른다. 그래도 난 앞뒤와 옆뒤와 옆옆과 오만 군데가 접혀 들어가는 그 가는 길로 가는 길로 그 영화를 기억하고, 그 영화를 보는 그 달을 기억한다. 그 달이 그 영화를 보는 동안 침대에서 떠나지 않았다는 사실을 기억한다. 그 침대가 납작하고, 또 납작해지고 말았다는 사실도. 난 그것을 배웠다.

그 달

그 달은 그러나 그 연못에 있었다. 그 연못은 움직이고 있었고, 나는 그것을 그 영화에서 보았다. 그 연못이 움직이지 않았다면, 나 또한 뒤척이지 않았을 것이다. 그것은 마치 내 꿈이.

그 전생

그 전생은 그 침대 위에 있었다. 그 침대 위에 그 환자가 누워 있고, 그 환자가 그 전생에 대해 말하는 중이다.

그 여자는 그 환자를 일으켜 세운 뒤, 그에게 주문을 건다. 그 주문은 그 환자를 얼어붙게 만든다. 그러나 그는 환상을 보고 있고, 그 침대 위에 누워 있으며, 일어난 적이 없다. 그는 그 여자를 환상이라고 여기지 않으며, 그래서 종일 얼어붙어 있다. 종일 주문에 걸려 있는 것이지. 그래서 그 해가 그 환자에게 내려도

그 해는 아주 차가운 것. 아주 뾰족한 것에서 벗어나지 못한다. 그 해가 잘못한 것은 그 해가 그 환상이라는 창문을 통해서 들어왔다는 사실뿐이다. 그 창문도 그럼 환상인 건가?

그러나 그 창문은 그 침대에게로 해를 쏟아붓고 있을 뿐이다. 그것— 전부— 이 거짓이 될 수는 없다.

그 영화

그 영화는 반으로 접혀 있었다. 정말 반으로 접혀 있어서 손을 대지만 않는다면 그대로 접혀 있을 것이었다. 그러나 나는 그것을 만지고 싶었다. 확인하고 싶었다. 확인하고 싶은 내용이 그러나 정리된 건 아니었다.

그 영화는 반으로 접혀 있었다. 그 영화가 반으로 접혀 있는 걸 처음에는 몰랐기에 나는 그 영화를 장막 들추듯 들추어야 한다고 생각했다.

그러나 그 영화는 이미 접혀 있었던 것 같다.

앞면과 뒷면이 붙어 있었던 것 같다. 서로를 투명하게 비추는 것도 같았고, 서로를 투명하게 비추는 걸 방해하는 것도 같았다. 너는 거기서 알 수 없는 표정을 짓고 있었다. 거기 서서 말이다. 그것은 뭐니?

무엇인지 만져보지 않으면 알 수가 없다.

나는 그들이 키스하는 것을 본다. 키스하는 그들은 그것을 만진 것이고, 나는 그들을 내버려둔 것뿐이다.

그 손목

　그 손목은 가늘지 않았다. 희지도 않았다. 그 손목은 그
렇다고 거칠지는 않았다…… 그 손목에 시계가 있었던가?
나는

　그 대목에서 확신을 할 수 없다. 적당한 너비의 자주색
가죽 스트랩이 동그란 본체와 연결되어 있다. 자주색 가
죽 스트랩은 크랙이 나 있다. 무늬가 있다는 뜻이다. 그것
이 그 시계를 고급지게 보이도록 만들지는 않는다. 오히
려 조금은 유치해 보인다.

　그것은 아이를 위한 시계이기 때문이다. 그 아이의 손
목은 그러나 때때로 비어 있었다. 시계가 없었다.

　그 손목은 까무잡잡한 편이었고, 갈색빛이 돌기도 했
다. 얼굴이 손목보다, 그러나, 더 어두웠고, 더 환했다. 그
환함은 어디서 왔는지. 나는 고개를 들어 그 아이의 상의
(자주 입던 그 점퍼)와 목과 위아래로 긴 편인 그 얼굴을
본다. 그 얼굴은 그 얼굴이다.

　그 얼굴은 웃고 있지 않아도 웃고 있는 것과 같다. 얼굴
로만 웃는 것이 아니라 마음으로도 웃기 때문일 것이다.

　나는 그 아이가 그 마음으로 웃고 있다는 것을 늘 알고
있었다.

너는.

그 점퍼

그 점퍼는 보라색이었나? 보라색이거나 형광 연두색이었을 것이다. 아니다. 그 점퍼는 갈색이거나 보라색이었다. 그 색은

그 벽과의 대비를 통(과)해서 결정된다.

그 벽

그 벽은 거의 보이지 않는다. 그 벽이 보이는 순간은 그 아이가 움직이는 순간이다. 그 아이가 움직이고, 그 아이의 점퍼가 부스럭거릴 때, 그 벽이 보이기 시작한다.

그 벽의 색과 질감이 그 아이의 점퍼가 만드는 윤곽에 따라서 생겼다 사라진다.

그 윤곽

나는 그 윤곽을 피하려고 애쓴다. 볼 수밖에 없는 건 봐야겠지만 그 나머지는 피하고 싶다. 왜였을까? 왜 그 아이의 손목을 제외한 나머지는 피하고 싶었을까. 왜 표정과

몸짓을 피하고 싶었을까.

나는 그것이 마음이라는 걸 알고 있었기 때문이다. 그것은 마음일 뿐이었고, 마음일 뿐인 걸 만나는 경우가 흔치 않다는 걸 알고 있었기 때문이다.

결론
그 마음의 생김새는 그 손목과 닮았다.

거짓말인 것 같은가?

어차피 무를 수 있는 방법은 없다. 당신이 그 손목을 흉내 낼 수 있는 방법도 없다. 그런데 어떻게 나에게 와서 그 손목을 보여줄 생각을 하는 걸까. 그 손목은 그 손목과 같지 않다. 당신의 손목은…… 생각보다 더 굵고, 남성적이다. 향도 다르다. 핏줄이 드러나 보인다. 정맥이 드러나 보인다. 그 정맥이 실보다 굵고, 뭔가를 만들어내고 있다. 생명이다. 생명인가?

그 역사

그 다리에는 역사가 없다. 그 역사는 끝난 지 오래고, 그 다리는 그 역사와도 무관하다. 그 역사가 어느 정도 반복되었다면, 그 다리에도 역사가 생겼을 것이다.

그 다리에는 그러나 총알의 흔적이 있는데, 그 흔적은 그 다리가 겪은 것이 아니라 '나'가 다른 어디에선가 본 것이 투영된 것으로 진짜 흔적은 아니다. 그 진짜 흔적이 아닌 흔적은 가까이서 보면 사라지는 종류의 것으로

환영이다. 환영이라는 것을 알면서도

그 흔적은 멀리서 보인다.

사라지지 않는다.

나는 앞으로 이 환영을 자주 보는데, 이 환영을 자주 보게 된 계기는 그 묘지공원으로, 그 묘지공원에는 부서진 돌이 그대로

있었다.

반복

나는 앞으로 이 환영을 자주 보는데, ① 그 다리는 서울

시 마포구에 있으나, 그 다리에 비추어 떠올리는 ② 그 다리는 경상북도에 있는 것으로 낙동강 주변에 위치하며, 정확히 어디라고 설명하기는 곤란하다. (그 다리는 하나가 아니기 때문이다.)

그러나 그 다리와 그 다리(와 그 다리)는 ③ 지금 이 문장에서 겹치는데, 거울이 거울과 겹치지 않아도 거울인 것과 같이 거울을 비추는 것과 같이 그렇다.

④ 기록

나는 소설 속의 한 장소를 생각하고, 그 장소가 이곳에 꼭 어울린다고 느낀다.

그러나 그 장소는 진짜가 아니다. 진짜가 아니기에 그 소설 속의 '나'를 절망에 빠뜨리고 만다.

나는 내가 그러나 전혀 다른 층위임을 안다. 기록이라는 것이 새겨진다면, 그것이 그것과는 전혀 다른 층위임을 안다. 그것이 그것과는 전혀 다른 층위임을 아는 내게는 당신이 생생하고, 당신이 입은 검은 외투가 생생하다. 오늘이 생생한 것과 같은 맥락이다.

그 광주

광주에 간다고 생각하면, 광주에 간다고 생각했고, 광주에 간다는 생각만으로 기뻐지지는 않았다. 그래도 광주에 간다고 생각했다.

생각을 하는 건 어렵지 않았지만, 생각을 유지하는 게 어려웠다. 생각을 유지한다는 게 무엇인지 고민하다 보면…… 광주가 멀어졌다.

글쎄, 이 경우엔 반전 요소를 집어넣기가 어려웠다. ① 반전 요소가 무엇인지 합의를 보지 않았고, ② 반전 요소가 스토리의 주요 요소도 아니기 때문이었다. 스토리의 표면이 중요하다는 생각은, 생각에 그칠 뿐이고, 실제로는 그저 '광주 가는 길이 얼마나 좋았는지'를 표현하고 싶은 '마음'이 중요했기 때문이었다. ③ 자기기만일까? ④ 나는 뭔가를 보았다. ⑤ 나는 사람이 거의 없는 외곽 도시의 정경을 보았다. 을씨년스러운 복합 상가 외관을 보았다. ⑥ 흔들리는 나무를 보았고, ⑦ 사람이 거의 없는 공원을 보았다. ⑧ 노래, 노래를 보았고, ⑨ 들었고, ⑩ 착각했다. ⑪ 나는 광주에 간다고 생각했고, 광주에 갔다. 이윽고, 버스가 정차했다.

그 실종

나는 내내 잠들어 있다. 코모도호텔에서 잠들어 있다. 소설을 읽고 꼭 가보고 싶었던 코모도호텔에서 잠들어 있다. 두 번 방문하는데 한 번은 혼자서 한 번은 둘이서다. 조명은 그대로고 로비도 그대로이며 언덕도 그대로이다. 언덕이라고 부르면 언덕이지만 언덕은 언덕이 아니다. 보수산이라고 한다. 두 사람도 그런 식으로 기억한다. 한 사람이 다녀오면, 다른 한 사람이 그 다녀온 행적을 기억하고, 그 행적을 따라서 두 사람이 사라지는 것이다. 두 사람이 사라지는 건 미래다. 미래인가? 미래라는 건 그토록 분명한 실종이다. 그러나 잊지 말자. 잊지 말아야 하는 건, 언덕이 보이는 방에서 잠들어 있는 나 자신이다. 나는 내내 잠들어 있다. 잠들어 있느라 보이지도 보지도 않는다.

그 약속

그 약속은 오래되었습니다. 너무 오래된 나머지 잘 보이지 않습니다. 마치 그 꽃 같습니다. 그 꽃은 내가 늘 앉는 의자 앞 책상 위에 있는데 너무 오래된 나머지 잘 보이지 않습니다. 그 약속 같습니다. 그러나 그렇다고 그 약속이 정말로 사라지겠습니까? 그 꽃을 담아둔 잔은 맥주잔입니다. 나는 맥주를 마시지 않습니다. 그러기로 몇 해 전 스스로와 약속했던 것입니다. 그렇다고 물을 담은 적은 결코 없습니다. 대신 꽃을 담은 것입니다. 꽃이야 말랐습니다. 당신이 정말로 보고 싶다면 말이어요. 이제 이해가 되시나요?

그 꽃

  그 꽃은 '나'의 눈앞에 있다. '나'의 눈앞에 있는 나머지
거의 보이지 않는다. 때때로 나는 그 주변을 청소한다. 그
주변에 떨어진 마른 잎이나 꽃잎을 휴지로 쓸어 모아서
쓰레기통에 버린다.
  그 나머지는 (물론 여전히) 그 꽃이다. 그 꽃은 이렇게
자꾸 줄어들고 있다. 아주 천천히 말이다.

그 자유

그러나 너는 그런 사람이 아니었다. 그런 사람이 아니라는 데 의미를 두는 그런 사람이 아니었다. 그렇기에 너는 손이 자유롭고, 손이 자유로운 만큼이나 외투에서 자유로웠던 것이다. 외투는 언제나 벗을 수 있으며, 걸 수도 있는 것이었다. 걸 수 있는 고리가 있는 것이었다. 그러나 너는 그 외투를 무릎 위에 올려놓고, 차창 밖을 본다. 차창 밖에는 내가 있고. 내가 좋아하는 구름이 있다. 그 구름이 실제로 있다면, 나는 반영으로 있다. (내가 그 차창 밖으로 나간 것은 아니니까……) 그러니 실제로 만질 수 있는 것은 나이며, 그 구름은 선명할 따름이다. 선명한 나머지 진짜 같아 보일 따름이다.

그 문

당신은 지침을 지키지 않는다. 당신은 그 침대에서 그 지침을 지키는 나를 잡아당긴다. 그 문은 그때 접힌다. 닫히는 게 아니라 완전히 접혀-버리고, 붙어-버린다.

그 욕망

　너는 운전을 해야 하고, 백미러로 잠든 나를 볼 수 있을 뿐이다. 그 손은 운전을 해야 하고, 운전을 하기 위하여 '핸들'에 붙들려 있어야만 한다. 그것도 오래가지 않을 것이다. 너는 생각한다.

　언젠가는 '핸들'이 사라지고, 너도 너의 손으로부터 자유로운 때가 올 것이다.

　그때가 오면.

　손이 손으로부터 자유로운 그때가 오면. 너는 오래된 욕망으로 내 곁으로 올 것이다. 내 곁으로 와서 잠들 것이다. 뒷좌석에서. 그 뒷좌석은 넓은 편이고, 두 사람(심지어 체격이 크다고 해도)이 앉거나 누울 수 있는 정도이다.

　나는 그곳에서 깊이 잠들어 있다. 그것이 당신이 나에게 말해준 이야기였다. 그 이야기 안에서 당신은 앞을 향해 있고, 나도

　앞을 향해 있다.

그 길

그 길은 시작이다. 그 길은 그러나 그 이상 열리지 않는다.

그 길에 이미 들어선 건 분명하지만 그 이상 열리지 않는다. 문을 달아놓지 않는다. 문을 원한다면, 만들어야 할 것이고,

그의 손을 놓아야 할지도 모른다. 그러나 그가 말하길

당신이여.

그날

제 손은 꽃과도 비슷하고, 문과도 비슷하다. 꽃을 만지는 것과도 비슷하고, 문을 밀치는 것과도 비슷하다. 문을 당기는 것과도.

부드럽지만

단단하고, 얇디얇지만 끈질긴 것. 그것은 많은 것을 기대하게 만들지만 많은 것을 보지 못하게도 만들 것이다. 그러니 시선을 떼지 않고

보다 보면,

오늘

은

사방에 차가운 바퀴가 있고, 그것이 돌아가고 있다. 그

것이 그것을 돌리고 있다. 그 차를 타고 달릴 때와 비슷하다. 이것도 보고, 저것도 보지만, 전부 지나가는 일일 따름이다. 당신은 수긍한다. 당신은 수긍한다.

그 풍선

정말로 그랬다. 그 손은 손수 축제의 기억을 만들어내고 있었다.

그 부지의 용도가 변한 것도 그 때문일지 몰랐다.

그 기억

사방에 차가운 바퀴가 있고, 그것이 돌아가고 있다. 그것이 그것을 돌리고 있다. 차를 타고 달릴 때와 비슷하다. 이것도 보고, 저것도 보지만, 전부 지나가는 일일 따름이다.

그 커피

그 커피는 아직 열리기 전이다. 열리기 전의 커피는 동그랗고

작다. 더 작다.

그 차

그 차는 도움이 되었다. 그 차는 노랗지도 않고 빨갛지
도 않았다. 안으로 기울어지고 있었다. 기울어져서 내 입
술을 적시고 있었으며, 그것은 보였다. 보이면서 내게로
들어온 것이다.

그 길

나는 길이 있길 원한다.

그런데 길에는 껍질이 있고, 그 껍질은 나무에서 떨어져 나온 것이다. 나무는 크지도 작지도 않은데 그 이유는 기준이 없기 때문이지 실제로 크지도 작지도 않기 때문이 아니다. 큰 나무는 크고, 작은 나무는 작으나, 크기가 어떻게 결정되는지는 여전히 모르겠다. 기준이 없는데도 크게 느껴지거나

기준이 없는데도 연약하게 느껴지는 이유는 무엇일까?

(나는 눈앞을 가리는 것을 발로 차고 싶은 충동을 느낀다.)

그중 하나는 몹시 말라서 죽기 직전처럼 보였으나 그것이 적당해 보였다.

길이 있길 원하는 이유가 이런저런 이유 때문일까? 이런 이유는 이것일 뿐이고, 저런 이유는 저것일 뿐인 걸까? 너는 (내가 말하는 동안) 손으로 손을 만지작거릴 뿐이었다.

그 길

 그러나 큰 건 크고 작은 건 작으며 중간 것은 중간 것으로 이어지는 이 길. 이 길에서 나는 은행나무를 알아본다. 은행나무 뒤편의 은행나무도. 은행나무 좌우의 은행나무도.

 은행을 모으는 기구도.

 기구는 부드럽고, 푸르며, 초록색도 간간이. 그물망이 붙어 있어서 우스꽝스럽다. (말장난이 아니라 우연으로) 뒤편에는 은행 건물이 있다. 오래된 것이다.

그 전생

⓪ 이 소설에 주고 싶은 제약은 다음과 같다.

① 여자가 열 시간을 내리 잔다.

② 기차를 탄다.

③ 글쎄, 겨울은 아니다.

④ 그는 자기 자신이 수영장이 되었다는 느낌을 받는다.
느낌에는 거짓이 없지만 수영장은 수영장인 자기 자신보다
물을 느낀다. 물이 아니면

④ 핑계를 대거나 설득할 필요는 없다. 나는 물이 아니면

⑤ 혼자가 아니다.

⑥ 반복이 필요하다고 느끼지 않는다. 그저 잠든 여자
일 뿐이다.

⑤ 핑계를 대거나 설득할 필요는 없다. 나는 물이 아니면

⑦ 혼자가 아니다.

⑥ 반복이 필요하다고 느끼지 않는다. 그저 잠든 여자
일 뿐이다. 그저 잠든 여자의 여자의 여자 정도일 뿐이다.

그 전생

① 여자는 이렇게 생각한다.

② 그래, 결심했어,

다시는 그 사람에게 연락하지 않기로.

그리고 거울을 본다.

예쁘네,

③ 꽤나 예쁜걸.

④ 여자는 생각했다.

⑤ 나는 이런 이야기를 좋아한다.

그 전생

가끔은 소설을 쓴다고 생각한다. 가끔은 인공지능이 소설을 쓴다고 생각한다. 인공지능이 나를 위해 소설을 쓴다고 생각하고 인공지능이 나를 이해한다고 생각한다. 풀밭을 이해한다고 생각한다. 풀밭이 펼쳐진 풍경을 이해한다고 생각한다. 터무니없는 비약을 이해한다고 생각하고, 풍경에 무너지는 인간을 이해한다고 생각한다.

소설을 쓴다고 생각한다.

그것은 그것이 소설을 쓴다고 생각한다. 그것은 그것이 쓴다고 생각하는 소설 속에서 풀밭을 이해한다.
풀밭을 이해하기 위해서 발을 만든다.

그 전생

나는 그 발을 만져보기 위하여 그 풀밭을 헤치고 나아
간다. 그 풀밭을 가만두지 않는다.

그 전생

　나는 전생이란 걸 이해하지 못한다. 이해하지 못하는 게 틀림없다. 그러니 이토록 서툰 것이다. 만일 전생이란 걸 이해하고 있다면, 전생이 이토록 어렵게 느껴지지 않았을 것이다.

　이것이 전생이기에 그렇다.
　이것이 그 전생이기에 그렇다.

　나는 그 전생이 접었다 편 것이라는 걸 이해하지 못한다. 그 전생은 그 전생과 놀랍도록 닮았다. 아주 다른 점도 몇몇 군데 있지만 너무나 작은 나머지 무시할 수 있을 정도다. 나는 그러나 그 아름다움에 매혹되고 만다. 이것이 잘못이라면 잘못이다. 그러나 나는
　그 아름다움에, 양쪽이 그토록 닮았다는 사실에 놀라고 만다.
　그 아름다움에, 그 양쪽이 그토록 닮았음에도, 다르게 보인다는 사실에 놀라고 만다.
　그 전생은 너의 그 바지 안에도 있을 것이었다. 안은 (물론) 색다르지만 별반 다른 차이를 만들어내지는 못할

것이었다. 안을 보고 싶어 하던 사람도 그 바지의

안을 보고 나면, 그 바지를 도로 뒤집고

그에게 다시 입으라고 할 것이었다. 그럼에도 나는 그가 입은 바지와

그 바지의 자연스러움에 감탄하고, 매혹된다. 거친 표면에도. 예를 들면 그렇다는 것이다. 그러니 안이 문제가 아니라 안이 있다는 것이 문제인 것이다. 접었다 펼친

것이

문제가 되는 것도 이 때문이다. 나는 그 펼친 것을 들여다보고, 그 펼친 것과 그 펼친 것이 전혀 닮지 않았다는 걸 발견한 때에도 즉시 기뻐하며, 앞으로도 그럴 것이라는 걸 예감한다. 그것이

그

전생의 아름다움이다.

사랑

　나는 그걸 사랑이라고 생각한다. 나는 그걸 사랑이라고 생각하고 자동차라고 생각한다. 자동차를 타야만 느낄 수 있는 속도라고 생각한다. 그러나 자동차는 (당연히) 멈추지 않는다.

그 폭력

    자전거가 지나가고, 자전거가 지나가고, 나는 내가 사라졌다는 환각에 시달린다. 시점의 이동 때문이라고 생각해, 내가 말했다. 목소리 때문이라고 생각해, 내가 말했다. (조금 더 크게) 보이지 않는데 마음이 동하기 때문이라고 생각해, 나는 믿기 시작했다.

그 모자

그건 챙이 거의 없는 부드러운 모자다. 부드러운 모자는 손으로 만지면 만지는 대로 형태가 바뀌는 편이었고 그 자체로 감동적이었다.

그러나 당신이 원한다면 보여준다. 벗은 것 같지가 않다.

시와 사랑과 자동차

김보경
(문학평론가)

김유림의 시집 『탐구』를 읽고 떠올랐던 건 세 가지다. 소설, 산문 그리고 유림 씨를 처음 만났던 날의 일화. 우선 처음 것부터 이야기해보자면, 보르헤스의 잘 알려진 단편소설 「기억의 천재 푸네스」이다. 이 소설에는 하루아침에 기억의 천재가 되어버린 푸네스라는 인물이 등장한다. 엄청난 지각력과 기억력을 갖게 된 그는 일반인이라면 변별하지 못할 세부 사항이나 오래전 일까지 기억하는데, 그 각각의 기억을 모두 개별로 인식한다. 예컨대 "그는 〈개〉라는 종목별 기호가 다양한 크기와 형상들을 가진 상이한 수많은 하나하나의 개들을 포괄한다는 사실을 이해하기가 힘들"[1]어하며, 측면에서 본 개와 정면에서 본 개가 왜 똑같은 개인지 이해하지 못한다. 이는 기억의 천재가 된

---

1   호르헤 루이스 보르헤스, 「기억의 천재 푸네스」, 『픽션들』, 황명하 옮김, 민음사, 1994, p. 187.

다는 것이 아이러니하게도 "일반화"나 "개념화"[2]라는 일반적인 사고 작용을 하지 못하게 되는 일임을 보여준다. 일반화나 개념화는 차이를 소거하고 공통점을 추출하는 작용에 해당하기 때문이다. 차이와 세부에 대한 지나친 예민함은 푸네스를 오히려 사고에 무능한 바보와 종이 한 장 차이로 만든다.

이 소설에서 푸네스가 획득한/잃어버린 능력은 구체화와 일반화, 차이와 동일성, 묘사와 진술, 문학적 언어와 비문학적 언어 등 여러 개념 쌍에 대응해 설명할 수 있을 것이다. 김유림의 시집을 읽고 이 소설이 떠올랐던 이유는 시집 속 문장들이 마치 푸네스가 쓴 것인 양 모든 세부를 말하려는 듯했기 때문이다. 이를테면 이런 식이다. 세 편의 시를 제외한 모든 시에는 "그 ( )"라는 제목이 붙어 있다. 관형사 '그'의 역할을 생각해보자. 우리는 다른 어떤 것과도 같지 않은 바로 그것을 한정해 가리키고자 할 때 '그'라는 단어를 쓴다. 이러한 맥락에서 김유림은 일반명사로 환원되지 않는 개별적이고 고유한 특정 대상이나 사건에 관해 쓰려는 것처럼 보인다. "그 식탁은 매번 달라지기 때문에 단 한 번의 묘사로 말할 수 없다"(「그 식탁」, p. 66). 그러니 끝없이 이어질 수밖에 없는 디테일한 묘사들.

그런데 그의 시집에서 이 '세부에 대해 말하기'는 정확

2 같은 책, p. 188.

히 그것에 반대되는 욕망에 의해 허물어지고 있기도 하다. '그 염소'에 관한 시 「그 염소」에서 화자는 "전혀 다른 두 개의 층위에 존재하는 그 검은 염소를 하나로 엮어서 생각하는 습관이 있고, 그 습관을 버리지 않는데, 그 습관 속에서 그 염소는 하나이지 않고 하나가 아니지도 않다"고 말한다. 이렇게도 말한다. 서로 다른 층위의 염소들을 "가장 생생한 실감(의 측면)을 이용해" "한데 묶으려고 시도하지만, 잘되지 않는다. 그런데 그것— 한데 묶이지 않으면서도 한데 몰려다님— 이 바로 염소라는 개체의 특징이라는 걸 나중에 알게 되면서 그런 시도는 더는 하지 않아도 좋게 된다. 이것이 바로 통합이고, 끝인 것이다". 낱낱의 염소에 관해 쓰고자 하면서도 이들을 한데 묶으려 시도하는 모순적인 움직임이 염소를 "하나이지 않고 하나가 아니지도 않"은 것으로 만든다. '세부에 대해 말하기'는 그렇게 불가능성 사이를 진동하며 너울댄다.

나는 김유림이 이 시집에서 수행하고 있는 것이 제목 그대로 모종의 '탐구'라는 생각이 든다. 사물이나 사태의 이치를 궁구하는 일로서의 탐구. 다만 대상이 무엇으로 이루어져 있는지, 그 본질이 무엇인지, 사태의 원인과 결과가 무엇인지 등 사물이나 사태의 객관적 성질에 관한 탐구는 아니다(물론 이러한 질문들을 시집에서 아예 제기하지 않는 것은 아니다). '그'라는 관형사의 사용에서 암시되듯 탐구 대상이 되는 것은 시인이 경험하거나 기억하거나 떠올리는 특정 대상에 가깝다. 이때 양자역학에서의 불확정성원리처럼 그에게 탐구라는 행위는 탐구 대상에 대한 고정된 앎을 획득하게끔 하지 않는다. 탐구를 통해 발견하는 사물의 이치란 차라리 "한데 묶이지 않으면서도 한데 몰려다님"이라는 모순이며 탐구 행위로 포섭되지 않는 잔여다.

다만 김유림의 시적 탐구 끝에 있는 것이 단지 불확정성이라는 회의주의적 결말이라고 볼 수는 없다. 가령 「그 욕조」는 '살구색 욕조'에 관한 시다. 시의 전반부에서는 욕조가 ⓐ 살구색이라는 사실에 대한 진술과 함께 ⓑ "살구색은 내가 좋아하는 색이 되었지만/그때는 아니다. 그 욕조에서 나는 작은 장난감을 띄워둔 채로 목욕을 했을 것이다"라는 진술이 이어진다. 화자는 ⓒ "살구색으로 무언가를 해야" 한다고 생각하지 않는다. 대신 ⓓ "나는 살구색 욕조에 물을 가득 채우면 물이 살구색으로 보인다는 사실 외에는 아무것도 말하고 싶지 않다"라고 말한다. 이 시는 ⓐ나 ⓓ처럼 살구색 욕조에 대한 현상적 사실만을 말하고자 한다. 이는 ⓒ와 같이 관찰 혹은 탐구 대상에 인위적으로 개입하지 않으려는 의도에서 비롯한 것이라 추정된다. 그런데 이때 시인이 그려내는 '사실'이란 무엇인가? ⓑ에서 시인은 살구색 욕조에 관한 현재 시점에서의 진술과 과거 시점에서의 진술을 겹쳐놓는데, 이 두 진술은 서로 대비된다(이는 행갈이를 통해 더 강조된다). 또 이

어지는 문장에서는 과거 시제와 추측형 어미를 혼용하며 그것이 불확실한 기억에 대한 진술인지 미래에 대한 진술인지 불분명하게 처리한다. 이 시에서 '사실'이란 하나의 사태로 확정되지 않는다. ⓓ 다음에 "아무것도 말하고 싶지 않은 상태는 그것은 분홍색과도 닮았다"라는 문장이 이어지는 것도 마찬가지로, 살구색 욕조가 살구색 욕조라는 사실 자체는 변하지 않는 가운데 그에 관한 다른 사실들이 더해지는 상황으로 볼 수 있다.

김유림의 시에서 모순과 불확정성은 시가 다다른 결말이 아니라 사실을 분열하고 증식하는 동력이다. 이 두 가지를 구분하는 일은 중요한데, 그렇게 하지 않으면 그의 시에서 발생하는 '흔들림'을 설명하기 어렵기 때문이다. 이 동요는 단지 여러 사실의 나열로 발생하지 않으며 하나의 사실이 그와 모순된 사실로 분열·증식하거나 서로 모순된 사실들이 공존하는 불안정한 상태에서 발생한다. 이로 인해 그의 시는 마치 움직이는 것처럼 느껴진다. 김유림의 시를 읽는 일은 시라는 탈것에 몸을 맡기고 기묘한 속도감을 느끼는 일이다. 시는 그렇게 우리를 막다른 골목이자 광활한 지대로 이동시킨다.

*

두번째로 떠오른 산문이란 정확히 말해 대화를 기록한

글이다. 김유림은 한 지면에서 음악평론가 신예슬과 시를 주제로 대화 나눈 바 있는데, 그는 "일상 언어의 외양을 띤 채로 해내는 시의 이동에 늘 관심을 가져왔"[3]다고 말한다. 내가 앞에서 부러 '이동'이라는 표현을 쓴 것은 이 글의 영향일 수도 있다. 혹은 그저 내가 김유림의 시에 관해 가지고 있던 상이 이 글을 통해 좀더 선명해진 것일 수도 있다. 어느 쪽이든 간에 '이동'은 김유림의 시를 느끼거나 이해하는 데 좋은 입구라는 생각이 든다.

비교적 수월하게 알아차릴 수 있는 이동으로는 물리적 차원의 이동이 있다. 이전 시집에서도 그러했지만, 이번 시집에서도 김유림 시의 화자는 자꾸 어디론가 이동한다. 나는 지난 계절 그의 시집 『별세계』(창비, 2022)에 관해 쓰며 그가 보여주는 이동의 경로가 "비생산성으로 가는 길"[4]이라 불릴 수 있다고 밝힌 바 있다. 김유림의 표현을 빌리자면 효율성을 전면으로 배반하며 "걸어가다 말고, 말을 하다 말고, 사물들을 물끄러미 보"고 "서성"[5]이는 형식으로서의 경로 말이다. 그렇기에 엄밀히 말해 A라는 장소에서 B라는 장소로 이동하는 일은 그의 시에서 잘 일어나지 않는다. 이번 시집에서 자주 발견되는 숫자 기호

---

3 김유림·신예슬, 「시 언어의 모험」, 『자음과모음』 2025년 가을호, p. 352.
4 김유림, 『단어극장』, 민음사, 2024, p. 107(김보경, 「2020년대 시의 비인간 주체와 리듬론」, 『자음과모음』 2025년 겨울호, p. 31에서 재인용).
5 같은 책, p. 111.

는 차례로 언급되는 것을 가리키는 순번인 듯하지만, 때때로 어떤 숫자들은 누락되거나 아무것도 가리키지 않는 기호로 등장하며 순서를 헝클어뜨린다. 이러한 비선형성은 가령 "어디에도 없"는 "그 공원의 입구"로 가는 길을 환상과 사실을 뒤섞으며 형상화한 「그 공원」에서 잘 드러난다. 애초에 이동의 주체인 화자조차 "③은 나"로 제시되지만 "나는 내가 ③이지만 ③이 아니라는 걸 그 장면으로부터 알 수 있다"며 분열해 있다. 화자는 이렇게도 말한다. "나는 ①과 ②와 ③을 포함한 수많은 항목 중에서 무엇이 진실이고 무엇이 진실이 아닌지는 알지 못한다. 알지 못하지만…… 당신에게 보이기 위해서는 그것들과 내가 일종의 대열(隊列)을 이루어야 한다는 사실만큼은 알고 있었다." 이 시에서 환상과 사실은 대립하거나 질적으로 구분되지 않는다. 김유림의 시를 화자가 이동하는 경로를 따라가며 읽는 경험은 환상이 사실을 증식하듯 증식하는 경로를 따라가는 경험이다. "나의 환상으로 들어서는 길은 정해져 있지 않"다. 그렇게 찾아오는 어지러움.

한편 나는 『탐구』에서 이러한 이동 외에 다른 종류의 이동에 관해서도 말하고 싶다. 「그 광주」는 언뜻 화자가 광주에 가는 내용처럼 보인다. 그러나 이는 "광주에 간다고 생각하"자 떠오르는 생각에 관한 시다. "광주에 간다고 생각하면, 광주에 간다고 생각했고, 광주에 간다는 생각만으로 기뻐지지는 않았다. 그래도 광주에 간다고 생각했다./생각을 하는 건 어렵지 않았지만, 생각을 유지하는 게 어려웠다. 생각을 유지한다는 게 무엇인지 고민하다 보면…… 광주가 멀어졌다"라는 아리송한 구절을 보자. 광주에 간다는 생각은 광주에 간다는 생각뿐만 아니라 다른 생각을 낳고 이는 광주가 멀어지는 이동을 만든다. 생각이란 것은 본래 흘러갈뿐더러 생각의 대상을 붙잡지 못한다. '광주에 간다는 생각'과 '광주에 간다는 사건'의 불일치는 '광주에 간다'는 사실을 분열하고 그럼으로써 시에서의 이동을 만들어내는 또 하나의 기제로 작동한다.

　　　　그 사실에 감사한다. 그 감사는 그가 무엇을 했다는
　　　사실에 대한 감사가 아니라 사실에 대한 감사다. 사실
　　　에 대한 감사는 그 사실일 수밖에 없지만 실은 그 사실
　　　일 수는 없는데 그 사실은 당신도 알고 나도 알고 있을
　　　것이다. 알고 있다. 나는 무엇을 감사하기보다
　　　　사실에 감사하고 싶다. 사실이 무엇에 해당한다면,
　　　그땐 무엇에 감사하고, 사실에 감사하며, 그 사실에도
　　　감사하고 싶다.
　　　　　　　　　　　　　　　　　　　　—「그 사실」 전문

　위 시의 표현을 빌리자면 "그 사실일 수밖에 없지만 실은 그 사실일 수는 없는" 사실의 분열은 그 자체가 감사의 대상이 된다. 하나로 특정되는 어떤 사실이 아니라 사실

들이 분열하고 증식하고 있다는 그 사실이 감사의 대상이 된다. 왜일까? 사실에 감사한다는 것은 달리 말해 사실을 존중한다는 말인데, 사실의 분열과 증식은 이 세계의 원리와도 같기에 그것은 세계를 존중한다는 말로도 읽힌다. 나는 시가 하는 일 중 하나가 세계를 존중하는 법을 배우도록 하는 데 있음을, 김유림의 시를 읽으며 느꼈다. 가령 화자가 이동하며 보게 된 푸른 것에 관한 시 「그 푸른 것」의 구절은 어떤가. "나는 그 다리를 지나며 그 도시를 본다. 그 도시의 온화한 기후와 그 온화한 기후의 영향을 받아 자라나는 푸른 초목을 바라본다./(그것을 기후나 초목이라 부르면 된다는 것은 나중에 알게 되었지만) 나는 모르는 것을 부르지 않고. 푸른 것을 푸른 것이라 부르고 푸른 것이 모인 것을 푸른 것이 모인 것이라고만 부른다." 모르는 것은 부르지 않기. "푸른 것을 푸른 것이라"고, "푸른 것이 모인 것을 푸른 것이 모인 것이라고만 부"르기.

사실의 분열과 증식이 만드는 움직임과 같이 "푸른 것을 푸른 것이라 부르"게 될 때 발생하는 동요가 있다. 이 동어반복은 김유림의 시가 사실을 사실로서 존중하는 방법 중 하나다. 사실을 아름답게 미화하거나 묘사하는 것도 시가 하는 일이지만, 사실을 사실로서 존중하는 것도 시가 하는 일이다. 시적 언어의 기능은 재현이라기보다 수행에 가까워서 시가 사실을 사실로 대할 때 사실은 바로 그 사실이자 동시에 사실 아닌 것이 되어 움직인다. 이

184

로써 그저 사실을 진술하고 있는 것처럼 보여도 이미 그 진술을 통해 사실 자체가 달라진다. 일반적 진술과 달리 시적 진술은 사실을 고정하거나 확정 짓지 않으며 사실의 분열과 증식을 촉진한다.

> 나는 그걸 사랑이라고 생각한다. 나는 그걸 사랑이라고 생각하고 자동차라고 생각한다. 자동차를 타야만 느낄 수 있는 속도라고 생각한다. 그러나 자동차는 (당연히) 멈추지 않는다.
>
> ──「사랑」 전문

「사랑」은 시집 속 시 대부분과 달리 제목에 '그'라는 단어가 빠져 있다. 따라서 일반명사로서의 사랑에 관한 시일 것으로 생각되지만, 본문의 "그걸"('그것을')이라는 표현이 '그'라는 단어의 역할을 대신 맡고 있다. '그것'은 보통 앞에서 언급한 특정 대상을 가리키는 대명사로 쓰이지만 여기서 그 특정 대상은 시의 표면에 드러나 있지 않아 '그것'은 특정되면서도 특정되지 않는, 보편성과 다의성이 공존하는 모순을 함축한다. 그리고 이 시에서 '그것'은 "사랑"이고 "자동차"다. 다른 시에서 나타난 동어반복적 명제의 효과처럼, '그것'을 가리켜 "사랑"이자 "자동차라고 생각"하고 동일시하는 데서 '그것'의 개별성은 강화되면서도 분열한다.

앞서 나는 김유림의 시를 탈것에 비유했다. 움직이고 또 움직이게 한다는 점에서, 멈추지 않는다는 점에서, 계속 우리를 어지럽게 한다는 점에서 시와 사랑과 자동차는 한데 겹칠 수 있을까. '그것'은 우리를 먼 곳에 데려다 놓는다. '그것'은 우리를 먼 곳에 데려다 놓았다가 다시 여기로 데려와서 여기를 전과는 다른 여기로 만든다. 그리고 이 기이한 반복과 동요는 멈추지 않는다.

*

마지막으로, 유림 씨와 처음 만났던 그날의 일화는 다음과 같다(이 일화는 나의 기억에서 어느 정도 가공되었음을 밝힌다). 나는 청운문학도서관으로 그를 만나러 갔다. 그가 그곳에서 상주 작가로 지내던 때다. 동행자와 나는 커피와 샌드위치를 준비해 가기로 했고 내가 담당한 것은 커피였다. 이른 아침부터 문 연 곳이 없어 집 근처 유일하게 일찍 영업을 시작한 카페에서 음료를 샀다. 때는 추운 겨울 오전이었고, 유림 씨는 마침 간밤 난방에 문제가 생겨 작업실의 온도가 낮다며 난감해했다(그래도 방이 금방 데워졌다). 커피가 너무 진해 나는 거의 마시지 못했는데, 동행자와 유림 씨는 나를 배려했던 건지 개의치 않고 마셔주었다. 동행자가 아주 맛있는 샌드위치를 준비해 온 반면 나는 맛없는 커피를 사 온 것이 미안해 괜히 샌드

위치 칭찬을 늘어놓았다. 셋은 오들오들 떨리는 몸을 녹이며 이야기를 나누었다. 나는 할 말이 생각나지 않는 몇몇 순간에 단출한 그의 방을 슬쩍 엿보며 그곳에서 시를 쓰는 그의 모습을 상상했다. 당시 시인이 쓰던 시 몇 편은 『탐구』에 수록되었을지도 모른다.

나와 동행자는 유림 씨에게 그곳에서 시를 쓰는 일이 어떤지 물었고 유림 씨는 그곳을 오가는 사람들의 이야기를 해주었다. 자신의 작업실과 이어진 마루에서 춤을 연습하는 이들도 있었다고 말했다. 유림 씨가 있는 곳은 도서관 안에 상주 작가를 위해 마련된 별도의 공간이지만, 이 역시 넓은 의미에서 도서관이라 할 수 있다. 시인이 시를 쓰고 책을 읽는 공간 한편에서 상주 작가가 작업을 하고 있다는 팻말을 본 건지 못 본 건지 모를 사람들이 춤을 추었다. 이 귀엽고 우습고 약간은 무례한 소동극 같은 장면을 상상하다 피식 웃었다. 엉뚱한 용도로 쓰이게 된 공간처럼 제자리에 놓여 있지 않아 웃음을 주고 마는 것에 대해 생각했다.

이 '제자리에 놓여 있지 않아 웃음을 주고 마는 것'의 목록에 시가 들어갈 수 있을까? 어떤 시인들은 사전이라는 상자를 들고 단어들이 요리조리 옮겨 가도록 부러 흔들어놓는다. 어떤 시인들은 스스로 제자리에 있지 못하고 이곳저곳을 누빈다. 이때 자꾸만 움직이는 시인의 걸음과 시선을 따라 만들어지는 시라는 지도는 대체로 축척과 방향을 무시하기 때문에 읽는 이들에게 혼란을 준다. 유림 씨는 과연 어느 쪽에 가까울까? 나는 그 겨울의 첫 만남 이후 그날의 동행자와 함께 또 한 번 유림 씨를 만나러 갈 날을 잡아두었는데 일정이 여의치 않아 만나지 못했다. 이번에 그는 며칠간 찻집에서 차 내리는 일을 맡게 되었다고 한다. 그가 머문 장소를 찾아가거나 찾아가기로 생각하는 일은 즐겁다. 그 일은 나를 움직이게 하기 때문이다.